Sommaire

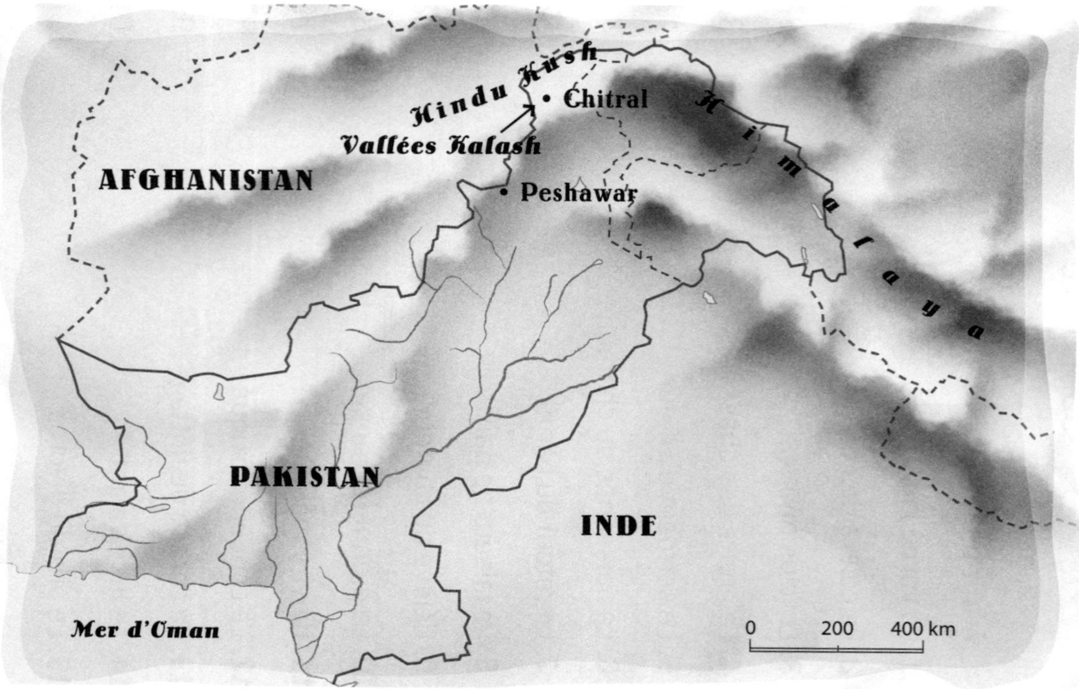
Hindu Kush
Chitral
Himalaya
Vallées Kalash
AFGHANISTAN
Peshawar
PAKISTAN
INDE
Mer d'Oman
0
200
400 km

Avant-propos

L'action de ce roman, Tanuk le maudit, se déroule au sein d'une société existante, celle des montagnards Kalash qui vivent dans trois étroites vallées de l'Himalaya, à l'extrême nord-ouest de la république du Pakistan, à une journée de marche de l'Afghanistan.

Avec Viviane, ma femme, j'ai vécu plus de deux ans parmi ce peuple dont la culture et la religion, liée au chamanisme, sont menacées par le climat d'intolérance qui règne depuis l'éclatement des conflits en Asie centrale, à la fin des années soixante-dix.

Je voudrais, grâce à cette fiction, rendre hommage à la vitalité de la société Kalash qui apporte une contribution précieuse à l'édification du patrimoine mondial et à la connaissance de la pensée humaine. Je tiens à exprimer ma gratitude envers l'ensemble du peuple kalash pour son accueil, sa confiance et sa générosité.

Volontairement, l'action du livre a été placée à la fin du XIXe siècle pour éviter toute confusion avec l'époque contemporaine troublée et aussi pour mettre en scène les interventions des chamanes au moment où ils jouaient un rôle essentiel pour le bien-être et la survie de leur communauté.

Ce récit est issu de mon imagination, mais tout aurait pu se passer ainsi. Le nom même de Tanuk a été porté par un grand chamane kalash qui utilisa un livre sacré pour guider son peuple, comme dans cette histoire. L'écriture a été nourrie par l'expérience de chacune des saisons, vécue deux fois au sein de la communauté kalash de la vallée de *Rumbur*. Il est certain que les contes, légendes, mythes, recueillis auprès des hommes de savoir, comme *kasi* Khoshnawas, m'ont influencé. Leur connaissance m'a permis d'ancrer ce texte au plus près possible de la culture Kalash.

C'est lors d'une rencontre de deux jours à Annecy avec les élèves de la classe de CM2 de Yannick Eshaya-Chauvin, autour des Kalash et de l'ethnologie, que fut ébauché le scénario de ce roman. Je me suis une nouvelle fois rendu compte de l'intérêt des enfants pour la connaissance de l'Autre, la découverte des ailleurs, et pour un merveilleux qui puiserait ses racines dans le champ authentique de la réalité.

Je remercie aussi Christine Gil et la Bibliothèque d'Annecy, François Beiger, Viviane Lièvre et Hervé Nègre. Et tout particulièrement Roberte Hamayon.

J.-Y. Loude

Précision de l'auteur : Tanuk se prononce Tanouk.

L'auteur a bénéficié,
pour la rédaction de cet ouvrage,
du soutien du Centre national du livre

Partie I

La malédiction

Wakht una, wawas wakht una…

C'était il y a longtemps, dans le temps lointain des ancêtres, le peuple Kalash vivait libre et fier dans les vallées étroites et secrètes de leur territoire pur, au cœur des montagnes de l'Hindu-Kush. À l'Ouest, l'Afghanistan n'était pas encore un royaume mais une terre de lutte permanente entre les tribus *pashtoun**. Au Sud et à l'Est, s'étendait l'immense empire britannique des Indes. Les cols du Nord menaient jusqu'au Turkestan chinois à travers le massif désert du *Pamir*. Aucun étranger n'osait s'aventurer dans ce labyrinthe de vallées protégées par des pics glacés, des murailles rocheuses et des torrents colériques. Mais c'est surtout la réputation guerrière des habitants de ces contrées isolées qui tenait les explorateurs à distance : on les traitait de païens idolâtres. On disait que dans leurs cimetières se dressaient des statues de cavaliers en bois qui représentaient les ancêtres les plus glorieux, ceux qui avaient donné de grandes fêtes et chassé de nombreux bouquetins sauvages. Certains morts, plus illustres que d'autres, chevauchaient une statue de cheval à deux têtes et à six pattes. Toutes sortes de rumeurs couraient sur ces montagnards étranges qui cultivaient l'orge, élevaient des troupeaux de caprins et vivaient sous la protection des mûriers. Ils sacrifiaient des boucs à leurs multiples dieux qui venaient les visiter à chaque saison sur des montures étincelantes. Lors de la grande fête du solstice d'hiver, hommes et femmes dansaient des rondes infernales, chantaient des plaisanteries audacieuses et buvaient du vin. On prétendait même que certains chasseurs vivaient des amours cachés avec des fées dans des grottes en altitude…

C'étaient les marchands ambulants qui colportaient ces bribes d'informations dans les bazars des villes indiennes. Ceux qui faisaient du commerce avec les Kalash gardaient de la beauté des femmes un souvenir ébloui. Ils prenaient de grands risques en venant leur vendre des coquillages, des perles et des grelots de cuivre dont elles ornaient leurs coiffes. Tous affirmaient que pour

revoir encore une fois, une seule fois, les femmes kalash danser et chanter, tournoyer dans la poussière dorée du couchant, ils accepteraient de courir tous les dangers que la route leur réservait.

C'est un de ces téméraires colporteurs, Mamat Diwa, qui raconta l'histoire de Tanuk au Kisa Khwani Bazar, le fameux quartier des conteurs de Peshawar. Tanuk le chamane vécut juste avant que le *Kafiristan*, « la terre des Païens », ne soit anéantie par le premier roi afghan, à la fin du XIXe siècle. En ce temps-là, les Kafirs du versant afghan et les Kalash du côté indien s'affrontaient sans cesse dans les parages des hauts cols et des lacs sacrés. Razzier le bétail de ses voisins et tuer un ennemi aux pâturages étaient considérés comme des actes de bravoure. La réputation d'un guerrier en dépendait.

Voici donc ce que Mamat Diwa raconta aux vendeurs de piments et d'encens, aux marchands de *zinnias* et de cages à oiseaux, qui l'écoutaient avec avidité, oubliant leurs clients.

1
Le vol de la statue

Tanuk était un garçon vigoureux, grand pour son âge. Il n'avait pas quinze ans, mais sa carrure et la volonté qui se lisait sur son visage le désignaient comme un futur *gadeirak*, un homme de prestige, dont l'honneur se construit sur la générosité, la chasse, l'élevage et l'art de l'embuscade. La clarté de ses yeux et la finesse de ses traits lui valaient mille moqueries des filles qui dissimulaient derrière les plaisanteries répétées le désir que Tanuk leur inspirait.

À l'automne, il avait été le héros de la fête des vendanges et du raisin pressé, le *Prun*. Les tambours avaient résonné la journée entière, soutenant les louanges adressées aux hommes illustres des clans anciens. Les filles, vêtues de robes dorées et coiffées de tiares fleuries, avaient tourné, dansé, virevolté jusqu'à la tombée du jour. Au moment précis où le soleil avait sombré derrière la plus haute crête, les tambours s'étaient tus, brusquement, et aussitôt, les jeunes mâles, encore cabris, pas tout à fait boucs, s'étaient rué sur les filles, leur avaient arraché leurs coiffes en bêlant. Puis, ils avaient couru en se bousculant dans la pente abrupte qui surplombe le village. Celui qui déposerait le premier la coiffe fleurie au pied de l'autel des fées donnerait la chance à son clan pour l'année entière, jusqu'aux prochaines vendanges.

Tanuk avait gagné la course et, en volant la coiffe de Mikilili, il avait clairement désigné, aux yeux de tous, la fille qui troublait ses pensées et torturait son cœur. La fille qu'il priait son père de lui donner pour femme.

Non seulement son père refusa de répondre à son désir, mais il brisa ses rêves à jamais. Ce ne furent pas les voies de l'amour que son père lui ouvrit avec largesse mais les chemins de la honte. Et quelle honte ! Un déshonneur ineffaçable que même la mort ne peut arracher des mémoires.

Le père de Tanuk gardait tapie au fond de son âme une rancune tenace envers le père de Mikilili. Les deux familles étaient rivales, l'une dominait l'amont de la vallée, l'autre l'aval. L'histoire des Kalash avait été marquée par les fêtes de prestige que les deux clans donnaient à tour de rôle pour le bonheur du peuple. Car, en ce temps-là, chez les Kalash, un homme était riche de ce qu'il avait dépensé pour les autres. Le donateur de fêtes recevait en échange des paroles précieuses, des louanges adressées par les voisins admiratifs. Ces paroles magnifiques rappelaient la valeur, le courage, la puissance de tous les ancêtres du clan. On disait que, ces jours-là, les morts quittaient les cimes où ils reposaient pour venir écouter les beaux discours : ils entendaient citer leurs noms et savaient que les vivants ne les oubliaient pas.

Cette course folle à la gloire durait depuis des générations entre les deux familles. Mais le père de Tanuk ne possédait pas les qualités exigées d'un grand homme. Adolescent, il courait plus après les filles qu'après les exploits dans la montagne. On disait de lui que son béret avait plus de poids que sa tête. Il gaspilla sa fortune à épouser des femmes qui le quittaient les unes après les autres, lassées de sa légèreté. La mère de Tanuk s'enfuit comme les autres, laissant l'enfant encore petit au soin de son père. Ainsi le voulait la coutume.

Le père de Mikilili, lui, ne pensait qu'à poursuivre les efforts de ses ancêtres et, quand son propre père mourut, il se ruina pour l'honorer. Il fit sculpter par le plus habile artisan une statue de cavalier sur un cheval à deux têtes et six pattes. Elle était tellement lourde, massive, que les hommes de la vallée usèrent leurs forces pour la hisser au cimetière niché au-dessus du village, dans une forêt de chênes houx. Dressée parmi les cercueils de bois ornés de roues solaires, la statue impressionnait. Elle garantissait la protection de la société kalash contre ses ennemis, les Kafirs, et contre l'action des mauvais esprits.

Le père de Mikilili avait aussi sacrifié les derniers boucs de ses enclos, vidé ses ultimes réserves de blé et de maïs, offert tout le vin et le fromage fort de ses caves pour payer, en plus, le prix d'une petite statue qu'il fit placer à l'orée du plus beau champ du mort. Les Kalash purent admirer une nouvelle image d'ancêtre dressée à la cime d'un mât de deux mètres de haut: on voyait un petit homme en bois de cèdre, coiffé d'un turban, les yeux marqués par deux pierres blanches, le nez plat comme une lame, le sourire gravé de trois traits, assis sur un trône orné de cornes zigzagantes de bouquetins. Ainsi, tout le monde pourrait adresser un salut au défunt en allant et venant.

Mais la nuit qui suivit les fêtes de funérailles, l'effigie disparut. Au matin, les Kalash découvrirent avec horreur le mât scié et la statue volée.

Les soupçons ne se portèrent pas d'emblée sur le père de Tanuk. Il était absent au moment du drame. Il ne désirait pas

assister aux cérémonies données par son rival. Il ne voulait pas laisser apparaître la jalousie sur son visage et, surtout, il refusait de prononcer des louanges à la gloire du clan adverse. Il avait profité du passage d'une caravane de marchands *pashtoun* pour partir avec eux, disant qu'il rapporterait des provisions de Peshawar, de la grande plaine : des épices et du fil, des bijoux et des armes… Pour le plaisir de tous !

Lors du drame, on le croyait loin.

C'est le retour de sa mule au village, deux jours plus tard, qui jeta le trouble dans les esprits. La bête, seule et blessée, n'arrivait pas de l'aval de la vallée par la route de la grande plaine, mais elle venait de l'amont par le sentier des hauts cols qui mène en Afghanistan à travers le territoire des Kafirs ennemis. Le père de Tanuk avait donc menti : il n'avait pas suivi la caravane, mais s'était caché dans la montagne pendant le temps des fêtes pour ruminer rancune et vengeance.

D'abord, personne n'osa porter une accusation franche contre lui, car jamais, dans l'histoire du peuple Kalash, pareil acte n'avait été commis. Qu'un ennemi puisse piller une étable, saccager un champ de blé, razzier du bétail, était admissible, cela faisait partie des lois de la guerre. Mais qu'un membre de la tribu mutile ou dérobe une statue funéraire restait inimaginable. Chacun tentait de chasser l'idée d'un tel crime et préférait croire le père de Tanuk tué aux pâturages par une bande de pillards en s'opposant bravement à leur vol monstrueux.

Pourtant le doute s'infiltrait chaque jour davantage dans les cœurs. Et si le père de Tanuk s'était réfugié en Afghanistan, emportant la statue pour la vendre à des collectionneurs anglais ? Le conseil des grands hommes ordonna une expédition aux pâturages pour retrouver le cadavre, mais en vain. Aucune trace de combat ne fut décelée.

Toutefois, même en l'absence du corps, le père de Tanuk eut droit aux trois jours de funérailles traditionnels. Un lit fut tiré sur la place publique, et tous les clans dansèrent autour. Les fusils retentirent, les tambours se déchaînèrent, et les anciens adressèrent leurs discours d'adieu à un mannequin d'osier habillé d'une robe d'honneur. Puis on enterra le mannequin.

2
La colère des dieux

À partir de ce jour, la vie de Tanuk bascula dans le malheur comme un tronc de sapin précipité dans l'eau bouillonnante du torrent. Tanuk fut happé par les tourbillons de la culpabilité et reçut en plein visage l'écume haineuse de sa propre tribu. Aucune injure ni reproche ne lui furent lancés directement. C'était pire, on l'évitait comme un malade contagieux. On s'écartait sur son passage comme si son regard pouvait brûler ou tuer la chance. Personne ne répondait à son salut. Les filles qui, hier encore, confectionnaient pour lui des colliers d'amandes et brodaient des chansons sucrées, le fuyaient. Même Mikilili s'arrangeait pour ne plus croiser sa route.

Tanuk l'orgueilleux se défendit comme un guerrier blessé. Il se réfugia dans le travail. Il était seul désormais pour s'occuper du troupeau de chèvres dont son père lui avait abandonné la garde. Tout l'hiver, on le vit accompagner ses bêtes dans les proches forêts, les nourrir de feuilles tendres de houx. Et le soir, il fabriquait le fromage. Seul. Même les membres de son propre clan lui tournaient le dos dans l'épreuve. Tanuk répondait au rejet des siens par une démonstration de courage. L'hiver passa sans qu'il prenne un jour de repos. Il évita de se présenter à la fête de printemps, le *Joshi*, de peur d'en être chassé. Il n'aurait pas supporté alors le regard de Mikilili. Plutôt mourir que de subir devant elle la honte d'être exclu de la joie.

Pourtant l'année précédente, lors de la même fête des fleurs et du renouveau, Tanuk avait compris que Mikilili n'était pas insensible à son amour. Il se souvenait avoir dansé la journée entière, jusqu'à l'épuisement, pour être prêt d'elle, l'effleurer, la respirer, recevoir son rire en plein visage. Mikilili aussi refusait le repos, c'était bon signe. L'aire de danse se situait au sommet du village le plus ancien de la vallée de *Rumbur*. De là, le regard plongeait vers l'aval, la porte du territoire pur, puis remontait vers l'amont, voyageait jusqu'aux parois accidentées et aux cimes neigeuses, demeures scintillantes des fées. Avec ses amis les plus proches, Tanuk s'était livré à la danse des boucs. À trois, épaules soudées, ils se ruaient dans le dos des filles, têtes baissées, et pilaient juste au moment de les heurter. Ils poussaient un cri bestial, tournoyaient en soulevant un nuage de poussière, et hurlaient des déclarations d'amour pour

rire. Seul Tanuk était sincère quand il lançait à Mikilili :

– Petite fleur de jujubier, ô toi qui fais pépier l'oiseau des vergers, donne-moi ton parfum !

Mikilili la belle était épanouie comme un arbre en fleurs.

Ce souvenir de l'an passé faisait mal à Tanuk.

Pour le chasser, il s'acharna à fendre du bois à la hache tandis que sur l'autre versant de la vallée résonnaient les tambours de la fête. À qui Mikilili souriait-elle cette année ? À qui réserverait-elle sa senteur ?

Ce fut au mois de juin suivant que se produisit une série d'événements graves et inexplicables. Les troupeaux avaient déjà rejoint les pâturages d'été et le blé était pratiquement mûr quand il se mit à neiger. De la neige au mois de juin, et pendant trois jours ! Aucun ancien n'avait connu pareil fléau. La neige avait à peine achevé son travail destructeur, couchant les tiges lourdes, cassant les épis, qu'un orage d'une intensité peu commune éclata. Le torrent enfla, déborda, emportant l'unique pont du village. Quand le soleil revint, on vit des aigles tournoyer dans le ciel, juste au-dessus du sanctuaire du grand dieu Mahandéo. Comment interpréter ce signe ? Que voulaient dire les dieux ? Paix ou colère ? La réponse ne tarda pas. La nuit suivante, la terre fut saisie de tremblements, la nature entière se mit à trépigner et à hurler. La secousse fut interminable. Des blocs se détachèrent de la montagne et roulèrent vers le fonds de la vallée, entraînant des arbres et menaçant les maisons. Dans chaque foyer, les Kalash sautèrent du lit et lancèrent des poignées de farine dans le feu. Sept fois de suite, en priant. Puis ils se précipitèrent dehors en implorant les forces surnaturelles de les épargner. Ils s'époumonaient en se couvrant la tête des deux mains. Aucun tremblement de terre ne dura autant que celui-là. Il laissa les Kalash abasourdis. Et quand, deux nuits plus tard encore, les léopards des neiges s'approchèrent des étables et égorgèrent plusieurs vieux chiens de garde, plus personne ne douta de la cause du malheur qui se répétait. Il était évident que les dieux, les fées, les morts reprochaient au peuple Kalash d'avoir laissé impuni le vol de la statue.

Ce crime sans précédent exigeait réparation.

Les grands hommes décidèrent le sacrifice d'un bouc blanc d'une taille exceptionnelle pour interroger les dieux sur l'ampleur de leur colère. Ils l'escortèrent jusqu'à la clairière sacrée. Les anciens les plus prestigieux avaient revêtu de longs manteaux de laine et ils avançaient en tirant la bête dans un silence empli d'humilité. Tanuk,

désormais chef de foyer, prit place dans le cortège, mais il marchait tête basse, le regard rivé aux bandes de cuir qui entouraient ses pieds et lui servaient de bottes.

Un autel de pierres entassées marquait le lieu de rendez-vous avec les dieux. Quatre têtes de chevaux en bois surgissaient de l'autel, tachées du sang des précédents sacrifices. Deux hommes robustes se lavèrent les bras et les mains. Ils devenaient intouchables, trop purs pour être approchés. Ils allaient égorger le bouc blanc. Ils mirent le feu à des branches de genévrier. Aussitôt s'éleva une épaisse fumée à l'odeur âcre. Les Kalash envoyaient un message aux dieux, les invitant à descendre au plus vite du ciel pour profiter des offrandes, participer au festin.

Un des hommes purs attrapa le bouc blanc et, malgré une vive résistance, le bascula sur les genoux de son compagnon assis sur une pierre. La bête, pattes en l'air, glapit d'effroi, mais le couteau interrompit ses protestations. Le sacrificateur plongea ses mains dans la gorge tranchée et par trois fois lança du sang dans le feu et vers l'autel. Les Kalash imploraient :

– Que le sang nourrisse les dieux et que, satisfaits, ils parlent !

– Qu'ils nous disent enfin comment barrer le chemin au malheur !

Alors le chamane, intoxiqué par la fumée de genévrier, entra en transe.

C'était un homme d'une cinquantaine d'années, grand et puissant. On l'aurait dit taillé à la hache comme une statue d'ancêtre. Une longue tresse émergeait du sommet de son crâne rasé. Le maquillage au khôl de ses yeux rendait son regard insoutenable. Il portait une veste et des pantalons larges, en laine. Lui seul avait droit à des mocassins brodés, en cuir de bouquetin. Il avança en titubant vers le feu, les bras croisés dans le dos. La tête tournée vers le ciel, il voyait et entendait ce que personne d'autre n'était capable de percevoir à ce moment précis. Il poussa un cri aigu :

– Hey ! Hey !

Sa voix habituellement rauque et sonore était devenue maigre et flûtée comme celle d'une jeune fille. Les dieux allaient parler par sa bouche. L'assistance retenait son souffle.

– Le territoire pur des Kalash est devenu impur ! murmura-t-il.

Le chamane confirma que le vol de la statue avait offensé la communauté des êtres surnaturels. Cela, tous les hommes présents le devinaient, mais ils frémirent quand le chamane gronda qu'aucun sacrifice ne pourrait réparer le mal. La nouvelle s'abattit sur l'assistance comme la grêle. Les dos se courbèrent. Le chamane resta immobile quelques secondes puis se rua sur l'assistance, se cogna à ceux qui ne s'écartaient pas assez vite. Il cherchait quelqu'un, on le sentait à ses grognements, à ses yeux qui étincelaient de rage, à ses bras qui menaçaient. Celui qu'il visait se faisait discret, se cachait derrière les épaules des autres. Mais le chamane finit par se planter devant Tanuk et les dieux, par sa bouche, crièrent le plus terrible des ordres :

– La paix reviendra en terre kalash quand cet individu l'aura quittée.

Le chamane était prêt à fouetter Tanuk avec un rameau de genévrier. Il fallut le retenir. Il hurla encore :

– Qu'il parte la nuit prochaine ! Sa présence un jour de plus est insupportable !

Tout était dit.

Alors le chamane s'écroula, évanoui, dans les bras de ceux qui le suivaient. La communication avec le monde surnaturel était rompue.

Tanuk ne savait plus si la vie l'habitait encore, si le sang irriguait son corps, si la foudre ne l'avait pas déjà frappé.

Il était banni ! Les dieux réclamaient son exclusion de la société !

Banni : ses bêtes, ses étables et ses champs seraient dispersés entre les membres de son clan.

Banni : il était rejeté vers l'aval, vers les populations des plaines inconnues, sans pitié pour un montagnard païen comme lui.

Banni : il serait condamné à renier ses croyances, à tourner le dos à ses ancêtres, à changer de religion, sous peine de mort immédiate.

Banni : il ne reverrait plus jamais Mikilili.

Mais en présence des dieux et des grands hommes, toute protestation, tout geste de révolte étaient interdits. Tanuk se contenta de relever la tête et, le regard haut, défia l'assistance. Puis, il tourna les talons et prit seul le chemin du village. On lui accordait la journée pour préparer son départ, répartir ses biens. Un jour. Pas plus. Dans son dos, alors qu'il quittait la clairière sacrée, Tanuk entendit les grands hommes murmurer une prière et lancer des baisers vers le ciel pour remercier les dieux de leur jugement.

3
L'exclusion

Tanuk attendit l'heure que seuls les démons fréquentent pour fermer la porte de sa maison vide. Il était certain de ne croiser aucun vivant sur sa route. Et c'est bien ce qu'il souhaitait car, comme son père avant lui, il ne prit pas le chemin de l'aval mais celui de l'amont, des pâturages. En se dirigeant vers l'Afghanistan, Tanuk rejoindrait le territoire des fées, près des hauts cols, là où le visible et l'invisible se confondaient. Qu'avait-il à perdre désormais ? La vie ? Qu'il grimpe vers les rudes sommets ou qu'il plonge dans les plaines hostiles, sa petite existence ne valait pas cher. Il ne faisait pas plus confiance aux esprits qu'aux humains. Il n'y avait pas de pitié pour les exclus.

Tanuk s'éloigna à longues enjambées pour mettre la plus grande distance entre le village et lui. Il s'était chargé de galettes et de fromage. Des réserves pour quelques jours.

Ne pas penser qu'il ne reverrait plus jamais sa vallée.

Ne pas se retourner.

Ne pas penser à sa mère. Elle ne pouvait rien pour lui. Elle avait quitté son père depuis si longtemps, s'était remariée à un homme d'une autre vallée. Elle ne l'avait pas élevé, ni protégé.

Ne pas penser à celle qu'il aimait, mais qu'il ne voulait plus nommer.

Plus rien ne fleurissait dans son cœur déchiré par les épines du souvenir. Jamais il ne s'était senti aussi seul, abandonné. Le torrent qui grondait en dévalant la pente était son seul compagnon de nuit, mais il filait dans le sens opposé.

Tanuk jeta un œil au poteau scié qui avait supporté la statue du grand-père de Mikilili, avant le vol. Il avait atteint le dernier champ d'orge. Il entamait la longue progression vers le fond de la vallée quand il vit une ombre lui barrer la route. À la lueur des étoiles, il perçut la silhouette d'une femme dont la coiffe de coquillages brillait. La frayeur que lui inspira l'apparition lui fit croire que sa taille dépassait la normale. Combien de Kalash rentrant tard la nuit n'avaient-ils pas été victimes de démons qui leur jouaient des tours pendables, changeant de forme, s'allongeant ou rapetissant selon leur fantaisie ? La règle, en pareil cas, était d'avaler sa peur et de forcer le passage. À sa grande surprise, la femme au visage dissimulé par un voile lui tendit un collier d'amandes et une bandoulière de protection. Elle lui donnait ce qu'on offre à un parent ou à un être cher qui part au loin affronter des dangers. Mais à ces présents, elle ajouta un rameau de jujubier aux feuilles argentées et au parfum persistant : ce que seule une fille amoureuse pouvait confier à un garçon.

Tanuk, paralysé par l'émotion, ne fit aucun geste pour retenir Mikilili qui déjà glissait dans la pente et rejoignait les ténèbres. Il resta immobile pendant de longues minutes, indécis. Ses deux pieds refusaient de prendre la même direction. Une part de lui-même voulait retourner au village, attendre l'aube, vérifier les sentiments de Mikilili à visage découvert. L'autre part, celle de la raison, condamnait cette folie et commandait à Tanuk d'atteindre au plus vite le but qu'il s'était fixé. Mikilili avait deviné ses intentions et l'encourageait. Elle avait bravé l'obscurité pour l'assurer du soutien de son amour. Elle lui offrait sa senteur. Sans prononcer un mot, elle lui montrait qu'elle n'avait jamais douté de lui. Il devait se montrer digne de sa confiance.

4
La grotte des chasseurs

Tanuk se rua en avant, se mit à courir. Il grimpa comme un cabri jusqu'à la corniche qui surplombait les gorges où, tout au fond, le torrent rugissait comme un dragon affamé. Pendant toute la durée de l'ascension, il agita le rameau de jujubier devant lui comme une arme défensive destinée à écarter les ombres. La forêt était le domaine d'esprits tourmentés qui occupaient une place inférieure dans le monde surnaturel. Tanuk savait qu'ils pouvaient, par pure méchanceté, abattre un arbre sur son passage, lancer des loups ou un ours à sa poursuite, apparaître sous l'aspect de nains ou de feux follets. Tanuk aperçut des campements de bûcherons dans des clairières ; il s'en écarta. Il traversa le torrent à plusieurs reprises sur des troncs jetés entre les deux rives. L'écume argentée des flots rageurs l'éclairait. Il entendit des rires qui le poursuivaient ou tombaient de la cime des cèdres, mais il refusa à son corps de trembler, il ordonna à ses jambes d'accélérer. Ses pieds connaissaient tous les pièges de la montagne. Parfois le sentier se rétrécissait au point de l'obliger à coller sa poitrine à la paroi de la falaise et d'avancer le dos au vide. Comme tous les jeunes Kalash, il avait accompagné des

dizaines de fois les chèvres qui rejoignaient les pâturages d'été ou rentraient au village pour l'hiver. Il possédait l'assurance des bergers expérimentés. Mais c'était la première fois qu'il s'aventurait dans ces parages sans compagnons. Il n'ignorait pas qu'à cette altitude, l'homme solitaire était la proie facile des propriétaires des lieux. Là-haut, près des cimes, des femmes à la beauté redoutable régnaient sur les cols et les glaciers. Les Kalash les appelaient *sutchi*. Contrairement aux esprits mesquins de la forêt, leur pouvoir était grand. Le vent leur obéissait et, selon leur humeur, elles chassaient les indésirables en leur envoyant grêle, orage, neige ou brouillard. Elles veillaient sur les troupeaux de bouquetins et de mouflons. Elles se baignaient dans des lacs de lait et s'enduisaient le corps de miel. Malheur à celui qui les surprenait en train de traire les chèvres sauvages dans leurs enclos sacrés. Elles pouvaient instantanément couper le fil de sa vie avec les ciseaux de leur rire aigu.

Tanuk avait été élevé dans le respect des fées qui donnaient la chance aux cœurs purs mais punissaient sévèrement les traîtres. Il se demanda si son père avait été enlevé par les ennemis Kafirs ou dévoré par les fées. Il frissonna à l'idée d'être épié. Il ne tarda pas à être attaqué par le froid piquant des étoiles. L'aube approchait. Il ne devait en aucun cas se faire repérer par les bergers de sa tribu. Ce danger supplémentaire l'obligea à s'enfoncer dans la partie la plus désolée de la montagne, le territoire secret des animaux sauvages et de leurs farouches gardiennes. Il n'avait pas le choix. Et, comme c'était forcément là que son père s'était caché, il devait agir comme lui s'il voulait retrouver sa trace.

Le soleil levant lui effleura le cou. Il marchait vers l'Ouest au-delà du territoire des Kalash, à portée de flèches de l'Afghanistan et du versant des Kafirs. Il n'y avait plus aucun sentier à suivre. Tanuk s'élevait à travers les pierriers en prenant garde de ne pas déloger une pierre qui, en chutant, aurait trahi sa présence. Son pas était si discret que les marmottes continuaient leurs toilettes matinales et leurs conversations sifflées. Leurs cris percutaient les parois verticales ; il était facile de les repérer. Tanuk allait là où se terraient les marmottes. Elles représentaient son espoir de survie. Il n'y avait pas plus habile que lui pour les attraper. Et, à cette époque de l'année, elles étaient dodues à souhait. Il avait de la viande à portée de couteau et les plaques de neige lui fourniraient à boire. Il se mit en quête d'un abri pour se reposer. En inspectant la paroi, il décela l'entrée d'une grotte que des éboulis lui permettaient d'atteindre sans trop d'efforts. Elle lui servirait de tanière et d'observatoire d'où il pourrait guetter tout mouvement suspect. La position de la grotte, perchée sous une crête, le rapprochait du peuple des aigles.

La grotte était assez grande pour abriter quelques hommes et leurs lances. C'était un refuge idéal pour un groupe de Kafirs décidés à tendre une embuscade aux bergers Kalash. L'idée inquiétait Tanuk. Il ne donnait pas cher de ses os s'il se trouvait nez à nez avec des guerriers déterminés à ramener des têtes ennemies dans leur village pour prouver leur vaillance. Allait-il céder au sommeil réparateur ou était-il condamné à monter la garde jusqu'à la tombée du jour? Il inspecta le fond de l'antre, profitant des rayons obliques du soleil. Sur un repli de roche qui formait une étagère naturelle, il découvrit un alignement de bouquetins réalisés en pâte à pain. Certains s'effritaient, d'autres, de fabrication récente, avaient fière allure. Tanuk en déduisit qu'il occupait une grotte de chasseurs. Ces derniers avaient coutume de confectionner des petites figurines avant de partir à la recherche du gibier. C'était comme une prière adressée aux fées pour leur demander l'autorisation d'approcher et de tuer les vrais bouquetins. Il connaissait ce rituel très ancien. Il se répétait dans chaque maison kalash au moment du solstice d'hiver. Les enfants adoraient cette nuit passée en famille autour du père qui modelait les animaux bénéfiques, utiles à la vie de la tribu. Le père pétrissait une pâte épaisse, formait des moutons ou des chèvres sauvages, les cuisait sur une ardoise posée au-dessus du feu avant de les déposer sur l'étagère murale.

«Que les futures chasses soient bonnes!» murmuraient les membres de la famille en lançant à travers la porte ouverte des baisers vers le ciel nocturne.

Petit, Tanuk s'endormait vite malgré ses promesses de veiller toute la nuit, et le lendemain, il découvrait, émerveillé, le bestiaire fabuleux bien rangé par ordre de taille, les mouflons et bouquetins aux cornes zigzagantes en première ligne. Son père avait un don pour sculpter les animaux en pâte à pain. À cet instant, Tanuk eut une bouffée de tendresse pour lui. Il imagina que son père s'était arrêté dans cette grotte, lui aussi. Il repéra la seule partie du sol plate et s'y allongea, répétant les gestes que son père avait dû faire, quelques mois auparavant.

5
Le serment d'amour

Malgré la fatigue, il ne réussit pas à dormir. Il écoutait le vent. Une rumeur d'orage lui parvint. Il pensa qu'il s'était abrité à temps. Le tonnerre se mit à battre le rythme d'une danse que les humains ne connaissaient pas. Tanuk, le dos collé au sol de la grotte, sentit son corps devenir pierre. Le brouillard passa sa langue par l'ouverture de la caverne et le recouvrit d'un linceul humide. Il tenta de bouger une main pour vérifier s'il vivait encore. Mais l'ordre de sa pensée n'atteignit pas ses doigts. Il n'avait pas froid, non, il était froid. La pluie assommait la montagne, précipitant des blocs énormes dans les ravins. Il lui sembla entendre des cris de détresse : la voix de son père ! Il aurait voulu courir à son secours, mais il était incapable de se lever. Seuls ses yeux bougeaient, tournaient dans tous les sens. Tanuk ne contrôlait plus le mouvement de ses yeux, l'impression était insupportable. Il vit un aigle se poser à l'entrée de la grotte, les plumes sèches, comme s'il avait traversé la pluie sans qu'elle le touchât. L'aigle déposa un pain à ses pieds, une galette épaisse à la croûte dorée. C'est un signe de chance pour moi, pensa Tanuk, le grand oiseau ne me prend rien, il me donne. En s'envolant,

l'oiseau déchira le rideau sombre de l'orage et Tanuk reçut au visage une chaude giclée de lumière.

Aveuglé et surpris, Tanuk essuya ses joues. Ce qui déclencha le rire d'une jeune fille agenouillée à ses côtés et penchée sur lui. Tanuk n'avait jamais entendu la musique d'un tel rire, ni contemplé l'éclat d'une pareille beauté. La fille était blonde et ses cheveux défaits dansaient sur ses épaules nues à chaque mouvement de tête. Sa peau avait la pâleur des pétales d'églantine et ses yeux possédaient le vert de la menthe sauvage. Ce ne pouvait être une femme kalash dont la présence était interdite aux pâturages. Elle ne portait pas la coiffe décorée de coquillages ni les cinq tresses traditionnelles, encore moins l'épaisse robe noire de laine. Sa taille n'était pas serrée par une large ceinture brodée. Elle était vêtue d'une tunique soyeuse, blanche et légère. Sur sa poitrine ruisselaient des colliers de fines

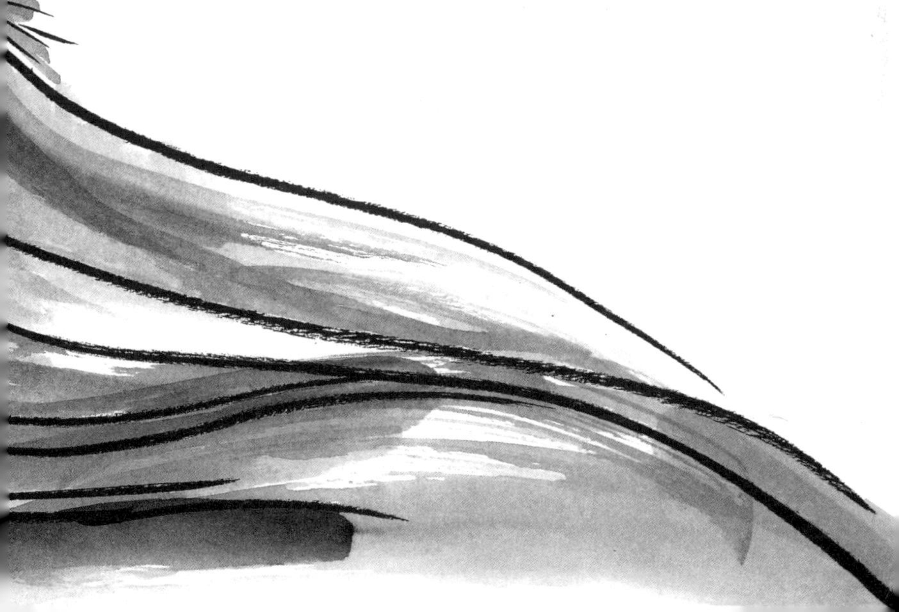

perles d'or. Une étoile argentée brillait à chacun de ses doigts. La jeune femme avait le pouvoir de parler et de rire en même temps. Tanuk, charmé par tant de grâce, se redressa et s'agenouilla face à celle qui le regardait, l'examinait, le caressait des yeux. En silence, il la regarda, l'examina, la caressa des yeux. Depuis l'enfance, Tanuk avait entendu les anciens dire que l'amour d'une fée ne se refusait pas. Il n'était déjà plus capable de s'opposer à quoi que ce soit. Il sentait dans sa tête une bousculade d'émotions qui chutaient dans son ventre, glissaient sur sa peau, gagnaient tout son être. Il s'efforçait de ne pas trembler.

La jeune fée s'empara du pain, le rompit, en tendit une moitié à Tanuk et lui dit :

– En le mangeant ensemble, nous devenons inséparables !

Tanuk hésita une seconde à prendre sa part. Il percevait la menace contenue dans le mot « inséparables ». L'avertissement lui rappela soudain le lien qui l'unissait à Mikilili. Comment concilier les deux serments ?

Une seconde d'hésitation dure longtemps. La fée vit passer l'image de Mikilili dans les yeux de Tanuk. Son sourire s'effaça et sa voix se fit dure :

– Il faut choisir, Tanuk. Si tu me donnes ton amour et si tu restes fidèle, tu recevras de moi ce que tu es venu chercher jusqu'ici. Sinon…

Tanuk baissa la tête. Il n'avait pas d'issue, pas même droit à un supplément d'hésitation. Trahir un esprit de la montagne en aimant aussi une femme kalash équivalait à un arrêt de mort, à moins de fuir en Inde, hors d'atteinte de sa colère, sans espoir de retour. Pas question ! Ce qu'il désirait le plus, c'était vivre à nouveau parmi les siens, rester Kalash. Pour retrouver une place dans sa société, il devait renoncer à Mikilili.

Tanuk tendit la main et prit sa part de pain. La fée insista :

– Tu devras m'aimer sincèrement.

Tanuk porta la galette à sa bouche. Le sourire de la jeune femme lui faisait perdre la raison. Elle ajouta :

– Mon amour n'a d'égal que ma jalousie.

Tanuk mangea le pain et la nuit tomba aussitôt. Le regard de la fée se perdit dans l'obscurité, mais Tanuk sentit la douceur de ses caresses, la pression de ses baisers. Il avait la sensation qu'une multitude de lèvres imprimaient une infinie tendresse sur son visage. Quand il était tout petit, sa mère le couvrait ainsi de baisers rapides, du front à la nuque, du menton aux paupières. En fuyant son père, elle l'avait privé de ce plaisir. Trop tôt. Il entendit encore sa belle compagne lui murmurer à l'oreille :

– Si tu veux me prouver ton amour et obtenir mon aide, alors jette ce rameau de jujubier que tu tiens caché contre ta peau, sous ta chemise ! Il porte l'odeur d'une femme de la vallée…

Tanuk obéit et, de l'entrée de la grotte, lança le rameau de jujubier dans la gueule de la nuit. Aussitôt, un chant s'éleva dans l'air glacé, si mélodieux, si joyeux, qu'il effaça de la mémoire de Tanuk le regret de Mikilili.

6
La naissance du chamane

À travers ses paupières closes, Tanuk se rendit compte qu'un autre jour succédait à la nuit. Puis sa peau l'avertit du froid d'une nouvelle nuit. Mais il était incapable de réagir. Les baisers et le chant de la jeune fée l'avaient apaisé. Le temps pouvait s'étirer sans limites. Dans la grotte, il s'imaginait dans le ventre de sa mère, et il n'était pas pressé de naître.

Mais brutalement la fièvre l'attaqua.

Tanuk se mit à brûler.

C'est alors qu'il se vit lui-même étendu sur le sol de la grotte : son esprit, accroché à la voûte, voyait la forme de son corps allongé sur le dos. Il se regardait dormir, agité de frissons. Son visage était creusé de rides. Tanuk constata qu'il avait vieilli. Il se découvrit à l'âge de vingt ans, de trente ans. Il se vit vieillard. Puis il plongea jusqu'au fond de son être et distingua son squelette que deux forces contraires tentaient d'écarteler. Il entendit craquer ses membres. Ses bras, ses jambes se détachaient du tronc. Il cria.

Une main saisit son poignet et le secoua.

Cette fois-ci, il ouvrit les yeux.

Son père serrait son bras.

Son père !

Son père, sans remuer les lèvres, se mit à parler :

– Je suis mort, mon fils, et j'ai mené une vie étroite. Mais je te prédis l'existence d'un homme excellent.

Même si, par ma faute, ta fortune n'existe plus.

Même si tu ne pourras pas donner de fêtes prestigieuses.

Même si tu ne seras jamais un chasseur réputé.

Là où je demeure désormais, je vois loin, je connais le futur. Je suis venu t'annoncer que tu seras un guide pour notre communauté Kalash. Bientôt.

Un chamane.

Peut-être le plus grand d'entre tous les chamanes.

Ton travail sera immense, mon fils, car ton peuple s'apprête à connaître des temps difficiles.

Une grande intolérance.

Nos voisins de l'Est et de l'Ouest rejettent notre culture, notre façon de vivre, notre différence.

Ils désirent éteindre nos croyances et nous imposer la lumière de leur religion.

Ils souhaitent la mort de nos dieux, l'exil des esprits de nos vallées.

Ils n'acceptent plus les sacrifices des boucs, les effigies de nos défunts et encore moins les danses de nos femmes à visages découverts.

Ils exigent que nous vivions comme eux, que nos filles changent de vêtements, se voilent, que nous renoncions à nos musiques et à nos fêtes.

C'est toi que les dieux, les esprits et les ancêtres ont choisi pour faire entendre leurs voix. C'est toi, mon fils, qui donneras au peuple kalash la confiance et la force de résister. C'est toi qui convaincras nos voisins de notre droit à exister, même si nous restons différents d'eux.

Ma vie a été petite, la tienne sera grande !

Regarde, je t'ai apporté une chose que tu as toujours aimé.

Le père de Tanuk tenait dans ses mains un immense bouquetin en pâte à pain. Tanuk ne pouvait s'en saisir. Il vit alors son père le déposer sur l'étagère de pierre, au fond de la grotte, près des autres sculptures d'animaux. Un bouquetin très grand, bien plus grand que les autres.

– Tu seras chamane, mon fils, un guide pour ton peuple, un chamane très grand, bien plus grand que les autres.

7

Le retour du banni

Quand Tanuk atteignit le village de *Grum*, le premier bâti par l'ancêtre fondateur sur le piton le plus élevé de la vallée de *Rumbur*, les enfants avaient déjà annoncé son retour. Ils l'avaient précédé, dévalant la montagne et criant son nom à travers les champs de blé. Tous les habitants, même les plus vieux, accoururent.

Et Tanuk arriva.

Les gens l'accueillirent comme une apparition, dans un silence empli de respect et de crainte. Personne, même parmi son clan, ne s'élança pour lui serrer la taille, le presser contre son cœur, lui offrir un sourire de bienvenue. Au contraire, la foule s'écarta, se divisa en deux rangs pour le laisser passer. Tanuk avança comme un être intouchable, imprégné de sacré. Non seulement, il portait, liée à son dos, la statue du grand-père de Mikilili, mais ce qui frappait les gens, c'était son visage tant il avait changé. Et plus encore : ses yeux. Il suffisait d'accrocher une fois son regard pour comprendre que Tanuk avait effectué un voyage réservé à un très petit nombre d'élus. Il avait traversé la frontière du monde invisible et en était revenu. La statue, ce n'était pas lui qui l'avait trouvée, non, c'était les fées qui lui avaient montré l'endroit où elles l'avaient cachée après avoir puni le voleur. Il ne pouvait en être autrement.

Beaucoup de paroles coulèrent au cours des veillées afin d'expliquer comment Tanuk avait rapporté la statue funéraire des sommets. Lui, Tanuk, ne révéla jamais ce qui s'était passé. Il ne le pouvait pas. Un mot de trop, un seul, et le fil de sa vie aurait été brisé dans l'instant par les esprits dont il tenait son pouvoir. C'est pourquoi le mystère de sa fugue dans la montagne inspira tant de

rumeurs sur son amour pour une fée à la prodigieuse beauté et sur la passion d'une fée pour un jeune Kalash aux prodigieuses qualités.

On prétend toutefois qu'au sortir de la grotte où il avait passé trois nuits et trois jours dans le ventre de la montagne, Tanuk aurait aperçu une chèvre sauvage, immobile et fière. Tanuk se serait dirigé vers la bête qui l'observait à distance. La jeune fée l'attendait sous sa forme animale. Elle l'aurait conduit jusqu'aux rives inaccessibles du lac Bahuk dont les eaux ont la réputation de recouvrir l'or et le trésor des fées. Certains parmi les Kalash les plus bavards osèrent affirmer que Tanuk plongea dans les eaux grises du lac et qu'il en retira la statue dérobée.

– Mais les légendes naissent toujours autour d'un exploit sans égal dont le secret doit mourir avec celui qui l'a accompli.

8

Le faiseur de paix

Mamat Diwa, le colporteur de bijoux, de coquillages et de contes, s'interrompit.

Un soupir de dépit parcourut l'assistance et se propagea dans les allées couvertes du Kisa Khwani Bazar de Peshawar. Les marchands de cuivres, de safran, de fils de soie, de perruches du Bengale, les porteurs d'eau et les vendeurs de thé, les bonimenteurs gitans, les montreurs de cobras et les vendeurs de poteries, tous espéraient la poursuite du récit. Ils ne pensaient pas quitter si tôt les lèvres du narrateur et s'en retourner à leurs besognes. Mamat Diwa les avait emportés trop haut, là-bas dans ces montagnes où des humains vivaient encore en compagnie de dieux bienveillants et de fées brûlantes d'amour. On était bien obligé de le croire, mais il était possible qu'un pays comme celui des Kalash n'existât que dans l'imagination fertile du commerçant vagabond. Allez savoir? Quand on restait attaché toute une vie à son étalage, à sa boutique, sans jamais voyager, on était ignorant du monde. Mamat Diwa but longuement sa tasse de thé au lait parfumé à la cardamome. Il savourait la boisson et l'attente de ses auditeurs. Enfin, il reprit:

– J'étais présent dans la vallée de *Rumbur* quand Tanuk est redescendu de la montagne, portant sur son dos la statue. Bien qu'étranger, les Kalash m'autorisèrent à assister au retour de celui qu'ils avaient chassé. Tanuk grimpa jusqu'à la cime du village dont les maisons escaladaient la pente abrupte comme des marches d'escalier, le toit de l'une servant de terrasse à l'autre. La foule le suivait. Tanuk gravit d'un pas vif la ruelle étroite, sans montrer de fatigue malgré les jours d'exil et de privations, malgré le poids de la charge. À ce signe, les Kalash reconnurent le changement opéré chez Tanuk : il était devenu un « homme mélangé » qui appartenait à deux mondes. Plus personne au sein de la société Kalash ne pouvait lui chercher querelle sans encourir la colère des forces qui le protégeaient. Le chamane qui l'avait maudit en prononçant l'ordre de son expulsion, était le seul individu à ne pas participer à l'événement. Il se cachait. Il savait que les êtres surnaturels l'avaient renié et remplacé par un chamane plus puissant que lui. Son temps était fini…

Sur l'aire de danse qui dominait la vallée entière, les anciens, les chefs de clan, attendaient Tanuk. Ils avaient revêtu les robes d'honneur colorées des jours exceptionnels et tous s'appuyaient sur une canne sculptée. Tanuk déposa la statue devant le père de Mikilili puis demeura muet et immobile, raide, le regard fixé sur le passage des nuages. Femmes et jeunes filles formèrent un cercle autour de lui, tournant et chantant lentement une mélodie grave qui naissait au fond des gorges. Deux tambours les accompagnaient de leurs battements assourdis. Tanuk

remarqua l'absence de celle qu'il avait aimée. Le père de Mikilili sortit alors du rang des grands hommes et se planta devant lui. Il pointa sa canne vers la poitrine du «revenant» et commença une louange en se balançant d'un pied sur l'autre. Il répéta tous les actes héroïques sur lesquels s'était construite la grandeur du clan de Tanuk, depuis son premier ancêtre. Il dirigea sa canne vers le lieu de chaque exploit. La foule approuvait par des cris:

– *Shabash ! Taï mun saï !* Bien parlé ! Tes paroles disent la vérité !

Ses mots étaient si beaux que les oncles de Tanuk vinrent à tour de rôle passer des colliers d'amandes autour du cou de l'orateur. Tanuk écoutait les yeux mouillés de larmes: il était revenu parmi les siens, et sa société kalash l'acceptait à nouveau. Les femmes reprenaient en chœur les phrases admirables qui coulaient comme un sirop de miel dans le cœur de Tanuk. Pour le nommer, lui, le dernier descendant du clan, le père de Mikilili utilisa le titre de «faiseur de paix»:

– Ô toi qui as l'amitié des esprits, tu seras celui qui fera régner l'entente, celui qui apportera des solutions aux problèmes de la société kalash, celui qui la soulagera de ses inquiétudes. Tu seras celui qui l'aidera à conserver son art de vivre…

– Tes mots sont justes!

– Grâce à toi, nous resterons unis comme des flèches dans un même carquois!

La foule cria :

– *Shabash taï !* Nous te saluons !

Et le louangeur acheva son discours en abaissant sa canne :

– *Lotmöndro kia dem ?* Quelle parole puis-je ajouter ?

Tout était dit.

La vie allait reprendre.

Mikilili était partie. Tanuk le savait à présent. Elle s'était exilée volontairement pour qu'il puisse vivre sans trahir sa compagne céleste. Mikilili avait tout deviné. Le lendemain du départ de Tanuk, elle avait quitté la vallée de *Rumbur* pour celle, distante, de *Jinjeret*. Elle avait accepté de rejoindre la maison d'un mari qu'elle ne connaissait pas, d'un homme âgé qu'elle n'aimait pas. Elle s'était sacrifiée par amour pour Tanuk, pour qu'il demeure fidèle à son serment. Il devait désormais affronter son destin qui serait exceptionnel.

Mamat Diwa se tut.

À l'émotion qui se lisait dans ses yeux, aux légers tremblements de ses lèvres, les auditeurs du Kisa Khwani Bazar de Peshawar surent qu'ils venaient d'entendre plus qu'un conte rapporté dans un sac de colporteur, mais une histoire vécue qui vous illumine pour le restant de vos jours. Alors ils se retirèrent un à un, laissant Mamat Diwa l'esprit égaré dans une vallée de l'Himalaya où les femmes d'une rare beauté portent des coiffes couvertes de coquillages et où les hommes conversent encore naturellement avec les esprits de la montagne, de la brume et du vent.

Partie II

Le temps des épreuves

9
L'élève du conteur

Seul un enfant demeura assis face au conteur, sans bouger. Un garçon d'une dizaine d'années au regard clair comme l'eau des torrents. Il était vêtu d'une chemise longue, d'un gilet en laine et de pantalons bouffants. Les rais de lumière qui traversaient les nattes posées par-dessus les allées du bazar incendiaient ses cheveux couleur de pain doré. Il ressemblait à un petit *Inglesi*. Les Indiens d'alors appelaient tous les Européens *Inglesi*, sans distinction. Mais lui, l'enfant, ne venait ni d'Angleterre ni de la mystérieuse Europe. Il était blond aux yeux bleus comme beaucoup d'habitants des régions du nord-ouest des Indes, près de l'Afghanistan. Tous les jours, il parcourait les allées du bazar. Il portait des tasses de thé d'une boutique à l'autre pour le profit d'un patron qui, assis en tailleur, jonglait avec les théières fumantes, versait de haut le lait brûlant, mélangeait les liquides avec une adresse qui tenait du miracle. Le monde de l'enfant se limitait aux frontières du bazar. Il n'en sortait pour ainsi dire jamais. Pour lui, la Chine se résumait à l'allée des étals de porcelaines. Et l'Afghanistan, au quartier des bijoutiers qui travaillaient les lapis-lazuli, pierres précieuses apportées par des caravaniers *pashtoun* aux lourds turbans. Quand Mamat Diwa revenait de ses fabuleux périples, le petit serveur de thé disparaissait. Son patron avait beau crier et menacer de l'ébouillanter, sa curiosité l'emportait sur la peur, et il demeurait des heures à voyager au bord des lèvres du colporteur.

Le garçon attendit que Mamat Diwa sorte de sa songerie et lui dit :

– Je crois que l'histoire n'est pas finie.

Le colporteur eut un mouvement d'humeur. Qui était ce moustique qui venait le piquer avec sa question ? Depuis quand un enfant décidait-il si une histoire était finie ou pas ? Un marchand est-il obligé d'étaler toute sa marchandise ? Un conteur ne peut-il pas garder des secrets pour lui ? Il aurait voulu claquer des mains et voir le gosse détaler comme un animal craintif. Il n'avait pas de temps à perdre. Il lui fallait penser à présent aux préparatifs de sa prochaine

expédition, sans doute la dernière en pays kalash, dans les montagnes du nord. Réunir les grelots, coquillages et perles de verre que lui réclamaient les femmes coquettes. Et aussi le tissu doré pour les robes de cérémonie des hommes riches. Sans oublier le tabac d'Iran que les Kalash chiquaient pour se donner du cœur et oublier la faim quand ils marchaient des jours sans fin à la poursuite de bouquetins. Mamat Diwa saisit une tasse de thé fumant et prit tout son temps pour la vider. L'enfant n'avait pas bougé. Le colporteur s'irrita :

– Comment te raconter le pays kalash, à toi qui ne connais même pas la neige ?

– Alors raconte-moi la neige ! suggéra l'enfant sans sourciller.

Mamat Diwa n'était pas un homme rude. Bien au contraire. Mais il aimait surtout faire rêver ceux qui, en échange de ses paroles, lui promettaient un bon repas avec du mouton et du riz truffé de raisins secs. Ou encore ceux qui, pour le remercier, réduisaient le prix des marchandises qu'il désirait acheter. Mamat Diwa était avant tout un commerçant. Que pouvait-il attendre d'un gamin ? Ça ne constitue pas un public, un gamin ! Il fit mine de se lever, mais l'enfant lui demanda :

– La neige est-elle une bonne ou une mauvaise chose ?

Le visage de Mamat Diwa s'adoucit :

– Tu veux savoir comment la neige a été créée ?

L'enfant déposa dans la main du colporteur un coquillage blanc et luisant, petit et bombé, un cauri dont raffolaient les femmes kalash pour orner leurs coiffes. Les

peuples des montagnes se servaient de ces coquillages comme monnaie et leur attribuaient des vertus protectrices contre le mauvais œil. Mamat Diwa fut touché par ce geste, empocha le cauri et commença ainsi :

– Sais-tu que la neige, au tout début des temps, n'existait pas ?

L'enfant fit non de la tête.

– La neige n'existait pas. C'était du fromage blanc !

Mamat Diwa guetta la lueur d'un rire ou l'esquisse d'un sourire chez son auditeur, mais l'enfant était l'être le plus sérieux et attentif qu'il ait jamais rencontré. Il poursuivit :

– Au début des temps, quand le monde fut créé, il tomba du ciel du fromage blanc. Le premier hiver du monde, les grandes montagnes furent couvertes de fromage frais et goûteux. Les peuples des hautes vallées étaient ravis. Dès que la faim se faisait sentir, ils n'avaient qu'à se pencher pour satisfaire leur estomac. Ils ramassaient du fromage et se régalaient. Pas besoin de travailler. La vie n'était que plaisir. Hommes et femmes pouvaient sans relâche accomplir les actes essentiels de l'existence : converser, chanter, danser, plaisanter. Quand la faim revenait, ils mangeaient du fromage blanc. Il en fut ainsi au premier hiver du monde, au second et au troisième. Il en fut ainsi au quatrième hiver. Cette année-là encore, il tomba du ciel du fromage blanc sur tout l'Himalaya. Les habitants étaient contents. Mais une femme commit une faute impardonnable : une mère, qui cherchait quelque chose de propre pour nettoyer les fesses de son bébé, se saisit d'une poignée du précieux fromage et, sans réfléchir, exécuta la besogne hygiénique.

L'enfant libéra un franc éclat de rire. Mamat Diwa prit une voix courroucée pour continuer :

– Peux-tu imaginer la colère des esprits supérieurs qui au ciel veillaient sur les montagnards en leur envoyant les bienfaits du fromage blanc ? Comment cette femme avait-elle osé nettoyer les fesses de son bébé avec une substance aussi pure ? Au comble de l'irritation, ils changèrent le fromage blanc en neige véritable et, l'hiver suivant, du ciel se répandit cette matière blanche et humide qui recouvrit les hautes terres, apportant le froid avec elle. Les humains de ces contrées surent qu'ils devraient désormais travailler durement pour gagner leur vie : traire les chèvres chaque jour, les sortir par tous les temps, les mener paître, les abreuver, les rentrer le soir, préparer le feu, faire le fromage…

– Et les journées furent si remplies que plus personne n'eut le temps de chanter, de danser ou de raconter des histoires, conclut l'enfant qui avait deviné la fin.

– Tu as compris. Ce sont les petits Kalash de ton âge qui m'ont offert ce conte quand je suis venu chez eux la première fois. Ils m'ont dit : « Tu te rends compte de la bêtise de notre grand-mère du début des temps. C'est à cause d'elle si nous devons travailler autant dans les champs, accompagner les bêtes pendant des mois aux pâturages et subir le froid mordant de l'hiver. »

– Pourquoi les femmes ont-elles toujours tort dans les histoires ? demanda l'enfant.

– Parce que ce sont les hommes qui inventent les légendes.

– Et à quelle saison continue l'histoire de Tanuk ? enchaîna l'enfant obstiné.

– En hiver.

– C'est bien. Maintenant que je connais la neige, je peux comprendre l'hiver.

– Crois-tu que nous vivions au début du monde et que j'aie tout mon temps pour te débiter des histoires ? Il me faut travailler maintenant.

L'enfant sortit d'une poche de son gilet de laine un sac en tissu et versa devant le colporteur ébahi un petit tas de cauris. Mamat Diwa égrena les coquillages qui, en se heurtant, faisaient entendre le rire des vagues et la musique des océans. C'était un présent de valeur. On ne trouvait pas des cauris de cette blancheur à tous les angles du bazar. Le conteur estima que l'enfant payait le prix du savoir. Le gamin avait attendu la dispersion de l'assistance pour lui demander d'être son maître et de lui enseigner la connaissance qui fait grandir. Mamat Diwa dissimula son émotion : sans être vieux, il avançait vers l'âge où l'on renonce aux voyages. L'enfant lui rappelait qu'il était temps de transmettre son expérience avant que la mort ne la réduise en fumée. Pour la première fois de sa vie, il avait un élève.

10
La première transse

Ainsi parla Mamat Diwa à son unique auditeur, un enfant de dix ans, l'être le plus attentif qu'il ait jamais connu dans tout le bazar des conteurs de Peshawar.

L'hiver qui suivit le retour de Tanuk parmi les siens resta dans les mémoires comme celui de son entrée en transe et de ses premières révélations. Mais avant d'en arriver là, il faut savoir que chez les Kalash, la saison froide laisse la tristesse à la porte des vallées. Le rire fait fondre la glace. Le gel, la neige, l'obscurité n'y peuvent rien changer : décembre ne connaît pas d'autres noms que *Chaumos* : « mois de la fête des lumières ». Quand, un beau matin, le soleil naissant touche la cime du « grand cèdre », tout là-haut sur les crêtes du levant, les anciens annoncent que l'astre rentre dans sa maison d'hiver. Il va se reposer une douzaine de jours, sans bouger. Mais attention : pas question de le laisser dormir plus longtemps. Sinon, pas de printemps ! Les Kalash font la fête pour réveiller le soleil, lui redonner de l'énergie, le faire sortir de sa maison grise et le relancer sur le chemin de l'été. Pour cela, ils mènent un beau tapage. Il n'y a pas un jour de décembre sans cris

ni danses. Ça commence par la nuit des corbeilles qu'on amoncelle et qu'on brûle. Quel feu de joie ! Les Kalash disent qu'avec les vieux paniers, ils brûlent aussi les mensonges et les querelles, tout ce qui n'est pas digne de peupler les mémoires. Ils croient que le feu fait peur à la nuit et écarte la mort.

Ce que je vais te dire maintenant, mon fils, te surprendra sans doute, te choquera peut-être, car ta religion, ta culture, tes croyances diffèrent de celles des Kalash. Garde ton cœur aussi ouvert que tes oreilles. Si ton voisin ne vit pas comme toi, c'est qu'il regarde la terre et le ciel autrement, de plus haut ou de plus bas, d'une vallée cachée ou du bord d'un océan, du fond de la forêt ou à la lisière du désert. Et c'est bien ainsi. Ce qu'il a compris du monde et de la vie ne peut que t'intéresser. Ce que tu as découvert de ton côté lui fera grand profit. Fais tout pour le rencontrer, enrichis-toi à son contact, ne cherche jamais à le transformer. Votre échange suffira à modifier son jugement et le tien, à élargir ta perception et la sienne. Si je voyage vers ceux que certains d'entre nous traitent d'*infidèles*, c'est pour rapporter dans mes bagages d'autres vérités que la nôtre.

Tanuk passa ce mois de décembre à observer les réjouissances d'un regard lointain. Pour lui, rien n'était comme avant. Un serment d'amour exigeant le liait à un esprit de la montagne. Et son épouse « féerique » le lui rappelait sans cesse. Elle le visitait chaque nuit dans ses rêves ; elle entraînait la moitié de son âme dans des pâturages merveilleux où paissaient sans crainte des bouquetins aux cornes somptueuses. Elle lui faisait visiter les sommets interdits qui brillaient des mille feux du mica et du quartz. Elle lui enseigna le secret des lacs au fond desquels dormaient les dragons de l'inondation. Malheur au téméraire qui oserait troubler l'eau des lacs car les fées s'y baignaient ! La belle amie de Tanuk lui indiqua le repaire des aigles, ses alliés fidèles, qui toujours aideraient son esprit à voler pour retrouver la trace des bergers égarés ou les sources du malheur. Elle lui montra, de loin, la direction que prenaient les morts quand ils quittaient les villages kalash pour se rendre dans les maisons dorées des ancêtres, construites sur des cimes invisibles et inaccessibles. Tanuk devait gratitude et affection à son amie pour la confiance qu'elle lui faisait. Mais il se réveillait chaque matin plus fatigué que la veille. Rapidement son visage se creusa, il maigrit. Son regard intense semblait traverser les êtres qu'il croisait. Les gens de sa communauté le respectèrent encore plus, car ils voyaient sur son corps transformé les marques d'un pouvoir en train de grandir. Les filles s'écartaient de lui. Il n'était plus un homme libre. Tanuk était intouchable. On ne l'abordait pas sans crainte. Il avait perdu l'habitude de converser, mais répondait en souriant aux salutations d'usage :

– *Ish pahata maï bayer ko ! Taï prusht tasa ? Taï pon suorum !* Salut, ô mon cher frère. Comment vas-tu ? Que ton chemin soit doré !

Tanuk se distinguait encore par une plume d'aigle fichée sur son bonnet plat et par des mocassins en peau de bouquetins dont personne ne connaissait l'origine. Le jour, enfermé dans le silence, il ne pouvait s'empêcher de penser à Mikilili, c'était plus fort que lui, mais aussitôt une douleur fulgurante traversait sa poitrine et le rappelait à l'ordre.

Les fêtes furent exceptionnelles cet hiver-là. Après l'incendie des corbeilles, il y eut la nuit des insultes. Oui, tu entends bien, mon fils, la nuit des insultes. Les femmes d'abord se mettent à débiter des horreurs sur les hommes. Elles les accusent d'être faibles, trop lâches et peureux pour mériter le titre d'hommes. Elles les accablent de mille sottises que je ne peux te répéter en raison de ton jeune âge. Mais ne t'inquiète pas, petit, ce n'est qu'un jeu, une bonne occasion de chanter, danser et rire ensemble, hommes et femmes réunis. Les Kalash ont la sagesse d'éliminer leurs disputes en les tournant en ridicule. Au début de l'attaque, les mâles font semblant d'être vexés, mais bientôt ils réagissent et poursuivent les femmes de reproches comiques et de gestes menaçants. Tout le monde rit à gorge déployée. Personne n'a le droit de se fâcher. Les garçons et les fillettes ne sont pas en reste. Ils apprennent tôt à vivre en société. Les nuits se succèdent, belles et joyeuses. Un soir, les Kalash invitent leurs ancêtres à venir partager le meilleur repas de l'année, le « banquet des morts ». Le lendemain, c'est la veillée des animaux en pâte à pain que chaque famille confectionne pour le bonheur des enfants et le succès des futures chasses. Pour la nuit des flambeaux, tous les habitants sortent de leurs maisons, munis de torches de résineux enflammé, et rejoignent leurs voisins. On dirait une rivière de flammes qui coule des villages pour devenir une inondation de lumière et de prières. Les Kalash prient et s'amusent en même temps, mélangent ces deux actes que nous, nous séparons. Leurs dieux, disent-ils, aiment le feu, la fumée parfumée du genévrier, les plaisanteries, la générosité du rire, les chants de louanges, les offrandes de pain, de lait, de vin et de viande. Tout cela est mêlé, c'est une autre coutume. Elle a sa valeur.

Mais la nuit la plus sacrée, je n'ai pas pu y assister.

J'ai beau être un ami des Kalash, je reste un étranger. Et aucun étranger, d'une autre religion, ne peut assister à la venue du grand dieu de lumière. Mais ils m'ont tout raconté. Leur dieu *Balumain* arrive à l'aube du solstice d'hiver, le jour le plus court de l'année. Ce sont les anciens chamanes qui ont révélé sa visite annuelle. Il viendrait d'un pays lointain et mystérieux, le *Tsyam*, sur un cheval étincelant, pour écouter les souhaits des Kalash et les rassurer sur leur avenir. Les dieux ne parlent pas bien sûr, ils

utilisent les chamanes. C'est par leur voix qu'ils ordonnent ou conseillent.

Tanuk assista au grand sacrifice du matin du solstice.

Le trentième bouc venait d'être égorgé. Les têtes des bêtes étaient alignées près du feu qui dégageait une épaisse fumée, âcre et entêtante. Tous les hommes de la vallée étaient réunis devant l'autel de pierres empilées, au milieu de la clairière sacrée. Une mare de sang couvrait le sol. Les deux sacrificateurs levaient leurs bras rougis vers le ciel. Les chefs des clans, drapés dans leurs robes dorées, s'agenouillèrent et invitèrent le grand dieu à se régaler des plus beaux boucs offerts. Cela peut te paraître étrange, mon fils, mais dans la pensée des Kalash, les dieux mangent. Ils dégustent l'odeur merveilleuse de la viande et se nourrissent des beaux mots de prières.

C'est alors que le corps de Tanuk se raidit. Il poussa un cri fulgurant et agita ses bras comme s'il cherchait à rassembler la foule. Il avança vers l'autel en fixant les rayons de soleil qui tombaient en pluie serrée à travers les branches de chênes houx. Deux compagnons le suivirent, les bras tendus pour le protéger d'une chute. Puis il fit volte face, les traits du visage déformés. Il lança d'une voix aiguë et cassée :

– Hey ! Hey ! Ma douce vallée connaîtra l'hiver au printemps, la lune poursuivra le soleil, le malheur remontera le territoire depuis l'aval, les eaux du torrent chercheront à retourner à leur source…

Les paroles qui sortaient de la bouche de Tanuk emplirent les hommes de frayeur. C'était un mauvais présage.

Tanuk haletait, titubait. Il allait et venait, bousculait les rangs de l'assistance. Soudain, il saisit par les épaules les deux hommes les plus importants de la tribu, le père de Mikilili et un de ses oncles. Il les propulsa en avant avec une force inouïe :

– Je réclame des cœurs sans haine et des bras qui s'unissent !

Le message du dieu était clair.

– Le canal d'irrigation s'est effondré. Il faudra le réparer. Ensemble !

Le dieu exigeait cet effort commun. Peut-être le malheur annoncé provenait-il de la discorde qui régnait entre les clans depuis plusieurs lunes, à propos des corvées que les uns refusaient de faire rejetant sur les autres la responsabilité des dommages ? Quand la désunion s'installe, les

ennemis du dehors l'apprennent et en profitent. Seule l'entente crée la force. Le dieu *Balumain* rappelait cette vérité élémentaire par la voix du chamane Tanuk. Les Kalash l'avaient-ils oubliée ? Tanuk cria encore :

– Un taureau rouge sera sacrifié ! L'ordre reviendra dans la ruche !

Ses yeux se fermèrent et il s'écroula dans les bras des garçons qui le suivaient pas à pas. Tanuk resta inconscient un peu de temps. À son réveil, il avait oublié ce qu'il venait d'accomplir, mais il trouva face à lui cent visages inquiets. Les hommes répétaient ses paroles, cherchant à bien en comprendre le sens.

– Un taureau rouge, ce n'est pas rien, commenta le père de Mikilili. C'est une demande exceptionnelle. Préparons-nous à subir une épreuve.

11
L'invité masqué

Le lendemain du grand sacrifice, les Kalash accueillent des *invités*. Drôles d'invités, mon fils. C'est une cérémonie que, chez nous, beaucoup condamneraient, car ils n'aiment pas voir les hommes et les femmes s'amuser ensemble, en toute égalité. Crois-tu que Dieu nous ait créés pour vivre sur des planètes séparées ? Nous sommes venus sur terre pour nous comprendre et nous compléter. Sans confiance réciproque, hommes et femmes se tourneraient le dos et se feraient sans cesse la guerre. Chez les Kalash, comme chez nous, chacun tient sa place, respectueusement, tout au long de l'année, mais, écoute bien, il y a une journée où les hommes s'habillent en femmes et les femmes en hommes. Ces travestis sont appelés les « invités ». Le visage couvert d'un voile coloré, des petits bonshommes avancent en dansant, le corps enveloppé dans de lourds manteaux de laine, couvrant leurs formes. Ils agitent des bâtons de guerriers au milieu d'une meute de filles réjouies qui les poursuivent en chantant des refrains taquins. Vient à leur rencontre une troupe de grandes femmes en robes de laine, chargées de lourdes coiffes de coquillages, la poitrine gonflée et parée de colliers de perles. Des garçons braillards tournent autour de ces beautés masquées aux épaules trop larges. Les jeunes mâles croassent des moqueries. Les filles sifflent des plaisanteries. Tout le monde rit à cause des travestis. Et quand l'identité d'un « invité » est devinée, il doit se retirer et céder sa place à un autre candidat au déguisement.

Tanuk était assis sur un muret de pierres, se réchauffant au soleil de la bonne humeur générale. Il entendit venir de loin des chants exubérants. Un cortège avançait à pas lents. Une vingtaine de jeunes filles accompagnaient un « invité » au riche manteau brodé, au voile sombre, couleur indigo, et au bonnet en laine blanche.

– C'est étrange, pensa Tanuk. D'habitude, les déguisés piquent les habits sales et usés de leurs conjoints pour renforcer l'effet comique. Quel est cet invité qui se donne des allures royales ? De qui se moque-t-il ?

Les filles de sa suite protégeaient l'invité pour qu'aucun spectateur ne puisse l'approcher de trop près et percer le secret de son nom. Au lieu de faire un tour sous le grand noyer, d'exécuter quelques pitreries dans les chaumes de blé et de s'en retourner, l'étrange procession n'en finissait pas d'avancer. Elle se dirigeait vers Tanuk. Quand l'invité passa devant lui, il virevolta, se pencha, se redressa, bondit en avant, frappa des pieds, et accomplit avec son bâton un mouvement de danse que les anciens réservaient aux hommes de haut rang. Tanuk frissonna. Il sentit son corps geler. Personne n'avait encore crié le nom de l'invité pour qu'il se démasque. Mais lui, Tanuk, avait deviné : Mikilili ! Elle avait profité de la fête pour visiter ses parents, puis de la danse voilée pour s'approcher de lui. Pour le voir. Pour qu'il sache combien il lui manquait, combien elle continuait à…

La tête de Tanuk se mit à tourner. À la décharge qu'il reçut en pleine poitrine, déchirante comme un coup de poignard, il sut qu'il avait vu juste. Une voix courroucée résonnait dans son cerveau, lui ordonnant de fuir. Ses jambes ne lui obéissaient pas. Un peu d'écume blanchit les coins de sa bouche. Ceux qui l'observaient crurent qu'il allait perdre conscience.

Le visiteur inconnu avait disparu.

12
Le concours truqué

Le printemps refusait de s'installer. Une pluie sans égale voilait la lumière des jours. Le brouillard gommait le relief. Les fleurs jaunes de genêts et de jujubiers qui, habituellement, donnaient le signal doré du renouveau, n'apparaissaient pas. Le torrent gonflait et entraînait dans ses flots furieux des blocs qui, en roulant, émettaient des grondements sinistres. Les Kalash craignaient que les ponts ne soient emportés. Tous les visages portaient la marque d'un hiver sans gêne qui prolongeait son séjour comme un visiteur impoli. Dans les maisons, le feu de bois humide dégageait une fumée qui noircissait les murs, irritait la gorge et brûlait les yeux. Le blé planté à l'automne ne poussait pas. Les jeunes cabris tombaient malades. Et les oiseaux semblaient déserter le pays.

Les femmes décidèrent de les imiter : elles allaient fuir la vallée ! Elles menaçaient les dieux d'abandonner cette terre s'ils ne rétablissaient pas l'ordre de la nature dans les plus brefs délais. Oui, mon fils, les femmes kalash sont ainsi. Et elles exécutèrent leur plan. Elles fourrèrent des couvertures, des écuelles, des cuillers en bois, de la farine,

des noix, une robe de rechange, chacune dans une grande hotte. Elles chargèrent les hottes sur leurs dos et, en cortège, se dirigèrent vers l'aval, prêtes à sortir du territoire. Et elles chantaient :

– Nous partons toutes ensemble, ici la pluie ne cesse pas, nous ne voulons plus rester !

Sur leur passage, les hommes imploraient en vain leur retour. Parmi eux, Tanuk surveillait le bon déroulement de la cérémonie. Car c'était bien un rituel destiné à inquiéter les dieux. Une manière de leur dire : « Si votre peuple s'en va, à quoi servirez-vous ? Sans humains, vous les dieux, vous perdez votre rôle ! Alors, agissez et ramenez le beau temps ! »

Les femmes avancèrent jusqu'aux gorges qui marquaient la limite du territoire kalash. Un lieu sinistre où les embuscades étaient fréquentes. Là, elles allumèrent un grand feu avec du bois vert pour que la fumée abonde. Et elles lancèrent au ciel des prières pour qu'il retienne la pluie :

– Grand dieu, fais que la terre soit belle ! Ramène le soleil ! Ici, il n'y a que la neige qui jette les branches des arbres au sol, et la pluie qui nous ronge les os. Éclaire le ciel, rends nous le soleil !

Généralement, la pluie s'arrêtait, m'ont affirmé mes amis kalash. Mais cette année-là, elle redoubla. Les hommes, accablés, s'apprêtaient à barrer le chemin aux femmes, à brandir des bâtons, car les épouses, les mères, les filles pouvaient décider de partir plus loin. Tous avaient en tête les paroles de Tanuk : *Ma douce vallée connaîtra l'hiver au printemps !* La prédiction s'était accomplie. Mais le jeune chamane avait ajouté : *Le malheur remontera le territoire depuis l'aval.* Pas question de laisser les femmes s'aventurer en territoire ennemi. Une menace pesait. Le peuple s'attendait à la voir fondre comme un vautour sur sa proie.

Tanuk se tenait aussi raide qu'un tronc, ses mains nouées dans le dos. Mais il vacillait comme un arbre scié à la base, prêt à s'affaler. Il humait la fumée odorante et ses yeux perçaient le brouillard. Assurément, il voyait le danger approcher. Il cria :

– Hey ! Hey ! Le pur et l'impur seront mélangés. Il faut craindre l'enfant capricieux. Mais, lunes et soleils, ma jolie communauté, je vous dis que l'oiseau de l'aube chantera à nouveau !

Il s'écroula.

Sache, mon fils, que les paroles d'un chamane sont toujours mystérieuses. Je t'explique : les femmes et les hommes s'appellent « lunes et soleils » chez les Kalash. Je peux t'assurer qu'ils se regardèrent, étonnés, après la prophétie de Tanuk. Il venait de semer dans leurs cœurs le chaud de l'espoir et le froid de l'angoisse.

L'épreuve s'abattit le jour même, alors que les habitants de la vallée étaient réunis à l'entrée des gorges qui servaient de verrou à leur pays. C'était écrit. Des profondeurs du défilé, on entendit une rumeur d'hommes en marche. Bientôt, les Kalash se retrouvèrent, désarmés, face à une troupe de guerriers. Cette armée était menée par le prince héritier du *Kohistan*, le royaume voisin dont dépendait le peuple kalash. Le prince Katuta, vêtu d'un manteau de laine blanche, était coiffé d'un béret orné de tiges de blé tressées et de plumes de paon. Il était le seul cavalier. Faire monter un cheval dans ce boyau étranglé où se bousculaient les eaux du torrent, tenait de l'exploit. Des serviteurs menaient la bête par la bride et veillaient à la sécurité du jeune prince. *Il faut craindre l'enfant capricieux !* avait prévenu Tanuk. Le malheur surgissait de l'aval. La prédiction se réalisait. Le pire était à craindre. Le prince, encore adolescent, apprenait son futur métier de gouvernant en abusant de ses sujets. Telle était sa réputation. Il semblait satisfait de rencontrer les gens de la vallée, tous rassemblés. Il n'aurait pas à les faire chercher. De ses yeux bridés, filtrait l'évidence du plaisir. Il fit ranger sa troupe autour des Kalash de manière à les encercler, à leur imposer sa domination. Puis il déclara dans la langue du *Kohistan*, que les Kalash étaient contraints d'apprendre :

– Je suis venu vous visiter pour m'amuser.

Il était aimable comme le loup qui demanderait à sa victime la permission de la croquer. Le prince rectifia :

– Pour que nous jouions ensemble.

À la droite du cavalier, se dressait Palawan le robuste, le champion de lutte du Kohistan, l'homme à tout faire du palais,

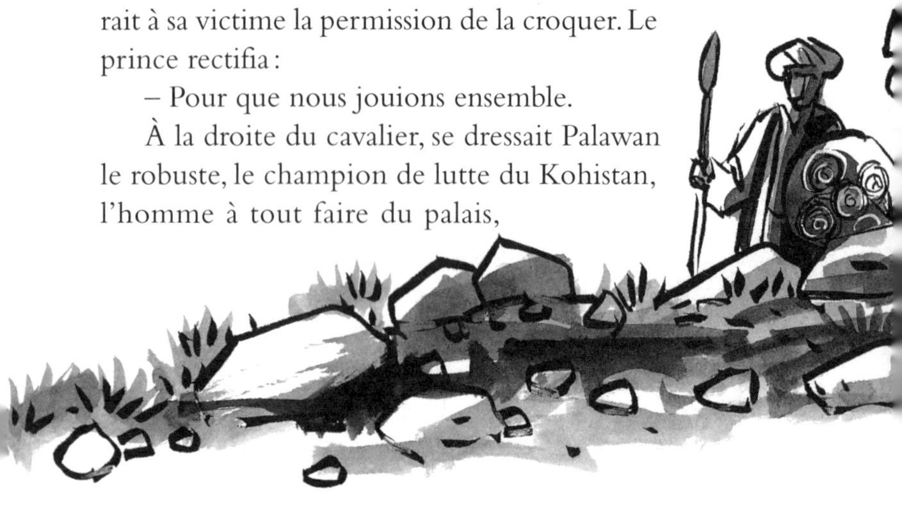

l'exécuteur des ordres les moins nobles. Le prince le désigna :

– Voici Palawan, mon protégé !

Le lutteur s'avança, un rictus aux lèvres. Était-il nécessaire de le présenter ? Sa renommée s'étendait à tout le pays. C'était lui, Palawan, qui surveillait les corvées exceptionnelles et punissait les déserteurs. Ses méthodes tyranniques lui avaient valu le titre de *Bhut*, démon. Le prince continua :

– Je souhaite que mon protégé affronte en trois épreuves ce garçon de votre camp. On dit que les esprits le protègent et que les fées l'aiment. Nous verrons bien.

Le prince Katuta émit un rire mauvais où se mêlaient doute et mépris. La réputation de Tanuk était parvenue jusqu'au palais. Ce duel avait pour but de détruire ce chamane nouveau. Car son influence pouvait aider le peuple kalash à redresser la tête, à retrouver sa fierté, à résister au pouvoir du *Kohistan*.

– Les deux champions se mesureront à la lutte, au lancer de pierres et au tir à l'arc.

Tanuk n'avait aucune chance de l'emporter. Cette certitude amusait le prince. Avant son aventure dans la montagne, Tanuk était costaud et rusé, sa santé éblouissante. Il aurait pu opposer une résistance. Mais depuis les événements qui l'avaient conduit à devenir chamane, il avait perdu une part de son énergie. Il restait un solide gaillard, bien bâti, fort, mais pas au point d'inquiéter ce colosse bestial de Palawan. À moins d'une aide surnaturelle. Mais c'était bien cet espoir que le prince voulait ruiner.

Arrivée au premier village de la vallée de *Rumbur*, la foule des guerriers et du peuple kalash se répartit, sans se mêler, autour du seul terrain plat : une pelouse plantée de mûriers, bordée de rochers que la rivière avait abandonnés au cours de son incessant travail de déménagement de la montagne. Les femmes, voulant mettre le plus de distance entre elles et les soldats du *Kohistan*, grimpèrent sur les toits plats des maisons. Elles regarderaient la scène de loin, à l'abri des paroles et des gestes irrespectueux de ces conquérants qui se croyaient tout permis. Le prince Katuta se fit apporter une chaise basse, tressée avec des lanières en cuir de taureau. Il donna des ordres brutaux pour que les jeux commencent au plus vite. Sous la pluie faiblissante, les deux concurrents se mirent torse nu, le haut de leurs pantalons de laine roulés sur les hanches.

La règle du jet de pierre, *shil*, est simple : il s'agit de lancer le plus loin possible des pierres de plus en plus lourdes. Palawan ne voulait pas seulement écraser Tanuk, il souhaitait l'humilier, le discréditer aux yeux de sa société. Il décida donc de propulser ses pierres le dos tourné à la cible, par dessus la tête, couché au sol, de sa main faible, la gauche… Même ainsi, ces jets surpassaient ceux de Tanuk. Les guerriers riaient, se moquaient. Au dernier essai pourtant, le jeune Kalash reprit l'avantage. Palawan montra à tous qu'il se bouchait les yeux d'une main et, ainsi aveuglé, projeta sa pierre à une distance phénoménale, directement dans la rivière, hors du terrain de jeu. Le prince lui rendit un sourire complice et cria :

– Éliminé ! Victoire de Tanuk pour les Kalash.

Il était évident que Palawan avait fait exprès de perdre cette manche pour mieux terrasser son adversaire dans les deux suivantes.

La séance de lutte, *salom chatik*, dura plus qu'elle n'aurait dû. Ne crois pas, petit, que Tanuk aurait pu faire jeu égal avec le géant. Non. Ce bandit de Palawan joua avec lui comme le chat avec la souris. Il repoussait ses assauts d'une main. Il laissait Tanuk se précipiter pour mieux l'écraser contre sa poitrine. Chaque fois, il cherchait à lui broyer les os. À la fin, il saisit Tanuk par les épaules et le

planta en terre comme on fait d'un pieu, désireux de l'enfoncer. Il allait lui briser les jambes. Mais au dernier moment, il retourna Tanuk et le plaqua au sol. Le prince poussa un hourra sonore :

– *Shabash ! Shabash taï ! Palawan Zindagi !* Longue vie à Palawan ! Victoire pour le *Kohistan* ! Nous sommes à égalité. La dernière épreuve désignera le vainqueur.

Au son d'une flûte et d'un tambour, Palawan dansa en écartant les bras pour imiter un rapace. Et les soldats de son camp hurlaient des *Ho ! Ho ! Ho !* en frappant dans les mains. Palawan tournoyait. Il était le vautour victorieux au plus haut des cieux. Puis il frappa des pieds en cadence. Il était le vautour victorieux sur cette terre. Gare à son bec, gare à ses serres !

Tanuk tardait à se relever. Personne n'osaït l'aider. Les soldats interdisaient tout secours. Quand enfin il réussit à se mettre debout, chacun vit dans ses yeux une énergie qu'aucun blessé ne pouvait avoir en réserve. Une force l'habitait. Il prit son arc sans prononcer un mot, et ce calme froid remplit l'assistance de crainte. Les cibles furent installées : deux citrouilles énormes prises dans un grenier kalash. On les enduisit de cendres. On aurait dit des têtes humaines. Il fallait des qualités rares d'archers pour les atteindre à une telle distance. L'épreuve fut conclue avant qu'elle ne débute. Le regard de défi qu'échangèrent les deux concurrents avant de tirer fut fatal à Palawan. On aurait dit qu'il avait reçu la foudre.

Son bras droit se mit à trembler ; il dût s'aider de sa main gauche pour le dompter. Tanuk fit mouche à la première flèche, sa courge éclata. Palawan, les membres paralysés, ne put tirer.

Le prince Katuta, le visage livide, applaudit mollement pour montrer qu'il était bon joueur. Il déclara Tanuk et les Kalash vainqueurs. Puis il pointa l'index vers le père de Mikilili et lui ordonna d'approcher sans égard pour son âge ni pour son rang dans la société. Avec une moue ironique, il s'adressa au grand homme :

– Je crois savoir que dans la tradition kalash, c'est le vainqueur qui paie. Je ne me trompe pas ? C'est lui qui régale le peuple pour remercier vos dieux de lui avoir donné force et succès ? C'est bien cela ?

Le père de Mikilili acquiesça :

– Oui, notre coutume le veut. Que désires-tu, prince Katuta ? Nous allons égorger pour toi et tes guerriers vingt boucs vigoureux. Si tu acceptes de boire du vin, nous t'offrirons le meilleur de nos réserves.

– Non, répondit le prince, je ne veux pas de vos boucs. Je

ne mangerai pas de votre viande, je répandrai à terre votre vin.

Ce refus de l'hospitalité constituait une grave offense, une humiliation supplémentaire.

– Ce que je viens prendre ici, ce sont des hommes. J'ai besoin d'une trentaine de garçons pour la construction d'un pont. Donne-moi sur le champ les meilleurs d'entre eux ! Je ne supporterai pas la paresse ! Quant à lui…

Le prince désigna Tanuk et lui ordonna de baisser les yeux.

– Quant à lui, je le condamne au flottage des bois dont nous aurons besoin pour le chantier. Seul un homme comme Tanuk, qui sait marcher sur l'eau, dompter les éléments, peut mener à bien cette tache « dangereuse et délicate ».

Le prince insista sur ces derniers mots. Il était évident qu'il se moquait des pouvoirs de Tanuk.

– Je vous laisse Palawan et cinq gardes pour veiller sur lui. Mon protégé n'a pas son pareil pour accélérer la course des troncs dans une rivière. Vous verrez. Plus Tanuk ira vite, moins vous aurez à nourrir Palawan. Je vous préviens : il mange beaucoup Palawan. Le contenu d'un grenier par jour…

Tout était prémédité. Que Tanuk ait gagné ou perdu. Le prince Katuta était venu dans la vallée kalash s'approvisionner en esclaves. Il avait juste transformé la réquisition en amusement. Pour son plus grand plaisir.

13
La corvée de flottage

Le travail de flottage du bois était éprouvant pour le corps et l'esprit. Comme il avait beaucoup plu, le torrent débitait une eau ravageuse. Ses rives le contenaient à peine. Des pans de falaise s'écroulaient. Le torrent emportait des parcelles de terres cultivables. Les troncs de sapin lancés dans le courant prenaient une vitesse effrayante. Ils se cognaient contre les rochers à grand fracas, rebondissaient, repartaient de plus belle, jusqu'au moment où ils se mettaient en travers et bloquaient le passage. La mission de Tanuk consistait à les dégager un à un et à les renvoyer dans les flots rageurs. Les pieds nus, il sautait de rocher en rocher et, muni d'une longue gaule, séparait les arbres écorcés, tentait de les soulever, de les pousser dans la bonne voie. Il s'arc-boutait, faillit tomber cent fois. Ses pieds, bleuis par l'eau glacée, n'étaient pas toujours sûrs. Le repos lui était interdit. Pas un moment de relâchement. Six hommes, dont Palawan, surveillaient ses efforts depuis la berge. Ils restaient des heures à l'observer, assis à l'ombre des noyers, dévorant les galettes de blé et le fromage de chèvre que des jeunes filles leur apportaient. Palawan et ses sbires avaient organisé la coupe des sapins : plus de cent arbres prélevés sur la forêt des Kalash, sans dédommagement aucun. Aux travaux forcés pour le pont s'ajoutait un impôt royal sur la forêt. Le prince avait tous les droits. Devant Palawan, les gardes se moquaient de Tanuk ; ils riaient de le voir gaspiller son énergie. Ils tenaient à plaire à leur chef. Mais en secret, ils admiraient ce garçon que les jours de corvée n'usaient pas. Ils réprimaient des exclamations quand Tanuk réussissait d'un coup habile à débloquer un barrage de troncs enchevêtrés. C'était une merveille d'assister à la précipitation des sapins dans des goulets. Le torrent bouillonnait. Mais il existait encore un danger. Quand un tronc coincé en amont se détachait de lui-même sous la pression des flots, il pouvait venir heurter Tanuk par derrière. Combien de jeunes gens avaient perdu la vie, frappés ainsi par un arbre pris de folle vitesse. Plusieurs fois, Palawan s'absenta. Tanuk se rendit compte alors que certains troncs qui arrivaient droit sur lui n'avaient pas été libérés par la seule action de l'eau. Il savait que sa vie était menacée.

À l'heure du soleil accroché à la cime du ciel, Palawan accordait une pause à Tanuk. Il l'autorisait à manger ce que les gardes et lui-même dédaignaient : des restes de fromage et des miettes de galettes. Le fromage de chèvre, vieilli en pot, était si fort que les gorges délicates des Kohistani ne l'acceptaient pas. Ils abandonnaient volontiers cette part grossière au gosier de leur captif kalash. Tanuk était un détenu dont la valeur nécessitait pas moins de six hommes pour épier le moindre de ses gestes. Et la nuit, les gardes dormaient chez lui, veillant à tour de rôle. Tanuk était privé de contacts avec sa communauté.

Depuis cinq jours, Tanuk trimait dur. Aucun homme de constitution normale n'aurait pu supporter le rythme de cette épreuve. La nervosité de Palawan grandissait car l'énergie de Tanuk ne faiblissait pas. La corvée touchait à sa fin. Palawan devrait avouer au prince Katuta, son protecteur, qu'il n'avait pas réussi à briser l'arrogance du jeune chamane, ni à l'éliminer, « accidentellement ». Alors, le soir, à la veillée, il essayait de l'épuiser en l'empêchant de dormir. Il l'obligeait à écouter des propos méprisants sur les croyances de son peuple et sur ses propres dons de voyance. Tanuk ne répondait pas aux provocations. Avait-il le pouvoir d'endiguer les flots du torrent ? Sûrement pas. Alors il laissait couler de même les insultes du colosse. Son silence mettait Palawan dans une fureur qu'il maîtrisait mal. À bout d'arguments, il traita Tanuk et les siens d'ignorants, de gens sans écriture ni livre. Sans texte sacré pour les guider. Tout était dit. Il ne pouvait pas écraser son adversaire davantage, à moins de lui promettre les flammes de l'enfer. Ce dont il ne se priva pas.

Soudain Tanuk parla :

– Qui te dit que nous ne possédons pas de livre ? Le détenteur d'un trésor est-il obligé de le montrer au risque de se faire voler ? Crois-tu que nous puissions te faire confiance, toi qui nous méprises ? Il n'est pas étonnant que tu ignores notre livre sacré.

La voix de Tanuk était si faible que ses paroles semblaient sortir sans que ses lèvres ne bougent. Palawan se demanda s'il avait rêvé, victime de l'obscurité. La seule lumière provenait des flammes du foyer, au centre de la pièce unique de la maison. Les six hommes et leur détenu étaient assis sur des tabourets bas, autour du feu. De temps à autre, Tanuk balançait une branche de chêne houx dans l'âtre, puis il offrait à la ronde une corbeille de mûres séchées mélangées à des cerneaux de noix. Et du thé salé.

– Un trésor ? répéta Palawan incrédule.

Il n'avait retenu que ce mot. Comme tous les habitants de cette région, le colosse avait entendu parler des biens fabuleux gardés au fond d'un lac du pays kalash. La légende avait traversé les siècles. On parlait d'un trésor d'armes et d'ustensiles

en métaux précieux, de pièces et de statues en or. Pourquoi pas un livre aussi ? Personne ne l'avait trouvé. Les Kalash se gardaient bien de désigner le lac qui recelait ces merveilles. Les fées en interdisaient l'accès. Une mort subite frapperait celui qui s'aventurerait à troubler ses eaux.

– Les légendes ont du bon, grogna Palawan. Elles protègent les biens précieux mieux qu'un dragon ou dix chiens de troupeau.

Palawan voulait se convaincre que ces superstitions n'étaient qu'un écran de fumée qu'il suffisait de balayer pour passer à travers. La peur d'une punition inventée empêchait la recherche du trésor. Il rêvait d'être l'homme d'un immense exploit : celui qui provoquerait une inondation de richesses et anéantirait la croyance kalash. Un exploit qui le sauverait de sa pauvre condition. Un haut fait qui attirerait sur lui la reconnaissance du prince, et pourquoi pas son affection durable. Sa pensée galopait dans le silence qui avait suivi les quelques mots murmurés par le chamane.

– Tanuk ! cria Palawan sous le coup d'une inspiration subite. Je serai celui qui ramènera l'or du fond des eaux. Tu vas me confier sans mentir le nom du lac. Je promets, en échange, de t'épargner toute corvée présente et future.

– Palawan, tes pensées courent plus vite que ta raison. Jamais, je ne te confierai un tel secret. Même si je n'ai pas de respect pour toi, je ne veux pas ta mort.

Puis il ajouta :

– Ni la mienne.

Le colosse tira un poignard de sa ceinture et en ficha la pointe contre la poitrine de Tanuk.

– Je crois que tu aimes toujours une femme dont la beauté est reconnue dans tout le *Kohistan*. Comment pourras-tu supporter le malheur qui va s'abattre sur elle et sa maison, par ta faute, si tu refuses ?

Tanuk perdit son sang froid. En dépit de la menace de l'arme, il sauta par-dessus les flammes et prit le géant à la gorge. Les gardes le ceinturèrent, l'obligèrent à se rasseoir sur son tabouret. Palawan en profita :

– Le nom du lac contre ta liberté et la sécurité de Mikilili !

Palawan passa son poignard sous la gorge de Tanuk. Un peu de sang coula. Tanuk dans un râle murmura :

– Bahuk.

Palawan colla son visage contre le sien et lui souffla :

– Très bien. Je partirai demain. Ces trois-là m'accompagneront. Et aussi le frère de Mikilili, ta bien aimée. C'est lui qui payera si tu nous as trompés. Je te laisse sous la garde des deux autres. Demain, chanceux, tu auras droit au repos.

14
Le livre volant

Tanuk se reposa plusieurs jours. Palawan et ses compagnons ne revinrent pas le lendemain soir comme prévu. Une sourde angoisse rongeait les deux gardes affectés à la surveillance du chamane. Aucun d'eux ne souhaitait être le messager de la disparition de Palawan auprès du prince Katuta. Comment lui expliquer le coup de folie de leur chef ? Ils étaient persuadés que Tanuk le tenait en son pouvoir et lui avait tendu un piège. Le colosse était doté d'un esprit faible dans un corps de brute. Tanuk l'avait manipulé à sa guise, profitant de son orgueil démesuré. En prenant en otage le frère de Mikilili, Palawan se croyait à l'abri du danger. Il suffisait de voir avec quelle tranquillité Tanuk avait retrouvé le cours de sa vie pour comprendre son erreur.

Les gardes ordonnèrent à dix hommes de fouiller la vallée de Bahuk, jusqu'aux abords du lac. Ils rentrèrent bredouilles sans avoir relevé la moindre trace des chercheurs d'or ! S'étaient-ils volatilisés ou avaient-ils été avalés par les eaux sacrées ? Personne ne pouvait croire à l'effacement complet des cadavres.

Le père de Mikilili ne partageait pas la calme assurance de Tanuk. Il était persuadé que le pire était arrivé à son fils.

Il craignait aussi une réaction violente du prince Katuta. Il réunit le conseil des anciens. Ensemble, les grands hommes de la vallée vinrent trouver le chamane pour le prier d'intervenir. Ils jugeaient indispensable le concours du monde invisible. Tous étaient persuadés que les esprits de la montagne, offensés par l'irruption d'humains irrespectueux, avaient causé leur perte. Ils estimaient Tanuk responsable de la menace mortelle qui planait sur le frère de Mikilili.

Le jeune chamane écouta les anciens réunis autour du foyer dans sa maison. Il leur servit du fromage fort et du vin de l'automne passé. Quand ils lui donnèrent la parole, Tanuk se tourna vers le père de Mikilili et dit :

– J'apparaîtrai sur le toit de ton étable à *l'instant du soleil fléchissant.*

Avant même que le soleil ne quitte le zénith, une foule d'hommes se massa autour de l'étable du père de Mikili. Les étables, constructions de pierres, de terre et de poutres, s'accrochaient aux pentes raides qui surplombaient les villages et les champs d'orge, en dessous des forêts de chênes houx. Elles faisaient partie du monde des hommes. Les femmes n'y pénétraient pas. Aussi s'étaient-elles regroupées sous un énorme noyer en bordure du canal d'irrigation pour assister de loin à la séance de divination annoncée. Au moment précis où le soleil commença à glisser vers les *prairies de l'après-midi*, on vit Tanuk descendre en courant de la montagne par une ravine périlleuse. Il avait revêtu son habit de cérémonie, coiffé un béret à longue plume d'aigle, chaussé ses mocassins en peau de bouquetin. Il portait sous le bras un objet enveloppé avec soin dans du tissu. Ses yeux étaient maquillés au khôl et celui qui croisait son regard cillait sous l'effet de son éclat. Le chamane pénétra dans la cour de l'étable, jonchée de paille et de déjections de chèvres. Par les marches d'un escalier taillé dans un tronc de sapin, il grimpa sur le toit plat de l'édifice. Il demanda qu'on lui apporte un tabouret. Un enfant courut en chercher un. Il régnait un silence que seules les mouches troublaient. Les anciens et les hommes du clan de Mikilili entouraient Tanuk. Tous sentaient qu'un événement sans précédent allait se produire.

Tanuk déplia le tissu rouge et en sortit un livre.

Un murmure d'étonnement parcourut l'assistance, se propagea jusqu'au cercle des femmes :

– *Kitab* ! Un livre !

De mémoire kalash, jamais la société n'avait possédé un semblable objet. Aucun chamane n'avait utilisé un tel accessoire pour agir. À vrai dire, ce livre ne ressemblait pas aux ouvrages savants que les docteurs du *Kohistan* consultaient pour parler du vaste monde. Il n'était pas empli de mots arabes comme les manuels de prière des peuples voisins. Ses pages, en écorce de bouleau, étaient couvertes de signes pareils aux dessins gravés sur les colonnes des sanctuaires kalash : des lignes parallèles, d'autres qui se croisaient, des figures géométriques, des dessins de fleurs, de grands losanges, d'étranges griffures…

Néanmoins, c'était un livre. De qui Tanuk le tenait-il ? Avait-il été réalisé par un humain ou provenait-il du monde surnaturel ? L'avait-il extrait d'une cache secrète dans la montagne ?

Tanuk demanda aux hommes de s'écarter, de le laisser seul. Ils obéirent et descendirent du toit. On le vit à distance ouvrir le livre, tourner les pages, les contempler. Cela dura un long moment. Puis il posa ses lèvres sur la couverture, porta le livre à son front.

Et le livre s'envola.

L'enfant du bazar ne put s'empêcher de répéter :

– S'envola ?

– Oui, le livre s'envola ! insista Mamat Diwa le colporteur. Je ne suis ni fakir ni charlatan. Mes histoires, je les ai cueillies auprès de personnes sûres. Tous mes amis kalash, vieux ou jeunes, qui étaient présents ce jour-là, m'ont juré que le livre s'était envolé. Ils mimaient ce phénomène incroyable en décrivant d'une main des cercles au-dessus de leur tête.

Le livre accomplit trois cercles autour de la tête de Tanuk puis s'éleva dans les airs. Il partit en direction des grands cols, vers l'Afghanistan. On aurait dit un oiseau.

Pendant sa longue absence, Tanuk sembla rêver. Une partie de son âme accompagnait le livre. Et puis, on le vit revenir, descendre du ciel et se poser sur le crâne du chamane. Tanuk s'en saisit, le porta à ses lèvres, à son front, à sa poitrine. Puis il appela les gens et leur révéla l'endroit précis, dans la vallée de Bahuk, où ils devaient se hâter de chercher. Il restait un espoir de retrouver la trace des disparus.

– Et on les a retrouvés ? À l'endroit indiqué ?

Le petit porteur de thé du bazar de Peshawar perdait le calme et le sérieux que son devoir d'écoute imposait. Ce qu'il entendait le précipitait hors de l'enfance. Naissait en lui une folle envie d'horizons inconnus où il construirait son destin. Dans les rues de Peshawar, il avait vu des ours dressés et des singes arrogants, des montreurs de najas et des pèlerins hindous capables de rester plusieurs jours sur un seul pied. C'était des spectacles courants. Mais ce que Mamat Diwa lui confiait surpassait toutes les magies. Dans les hautes vallées retirées de l'Himalaya, vivaient des hommes, cousins des aigles et alliés des êtres invisibles, qui traversaient l'espace sans se lever de leur tabouret. C'est là qu'il irait.

– Ne m'interrompt pas. Autrement je m'arrête là !

Mamat Diwa le gronda sans sévérité et continua.

Palawan et ses compagnons, les trois gardes et le frère de Mikilili, avaient remonté la sombre vallée de Bahuk. Le chemin étranglé se faufilait sous le couvert de forêts de résineux. Bien souvent, la terre ne recevait jamais le soleil. Parfois, le sentier se perdait ou se confondait avec le lit du torrent. Les marcheurs devaient escalader des rochers glissants sous des giclées d'eau. Bientôt, ils ne rencontrèrent qu'éboulis et falaises. S'ils s'étaient retournés, ils auraient pu apercevoir les plus hauts sommets qui tenaient conseil, drapés dans des robes d'honneur en tissu de nuages. Mais Palawan ne ménageait aucune pause. Il imposait au groupe une marche forcée, épuisante, même pour des corps habitués à la brutalité du relief. Petit à petit, les genévriers disparurent. Ils arrivaient à l'altitude minérale où les humains n'ont pas leur place. Le torrent, près de sa source, renonçait à l'arrogance. Le lac ne pouvait être loin.

C'est le frère de Mikilili qui donna l'alerte. Sur un rocher en surplomb, large comme un trône, se dressait un léopard des neiges d'une taille exceptionnelle. Le félin fixait les aventuriers sans bouger ; il les attendait. Palawan laissa échapper un sifflement d'admiration. Il vit dans cette apparition le signe de sa fortune. Tout chasseur espérait le bonheur d'une telle rencontre. La lutte avec un animal démesuré ne pouvait qu'assurer à son vainqueur une renommée démesurée. En un éclair, Palawan se vit danser sur la pierre plate réservée aux tueurs de léopard, ennemi juré des montagnards. Il entendit la clameur des louanges s'abattant en pluie douce sur ses épaules couvertes du manteau de gloire. Palawan était ainsi : un être impulsif qui se précipitait avant de calculer les effets de ses actes. Sans attendre, il bondit, sa lance pointée vers la gueule du fauve. L'animal rugit, saisit le manche de l'arme entre ses crocs et le brisa. Palawan, déséquilibré, finit sa course, plaqué contre une roche. Le félin croqua des éclats du manche, par défi. Puis il tourna le dos et, en quelques bonds, atteignit sa tanière, une cavité au pied d'une falaise. Palawan interpréta sa réaction, non comme une fuite mais comme du mépris pour des adversaires indignes de ses griffes. La colère du géant anéantit sa peur. Il envoya ses soldats couper du genévrier, puis entassa des fagots à l'entrée de la grotte et y mit le feu. Personne ne pouvait le raisonner, le convaincre de reprendre la direction du lac. Il hurla au léopard :

– Hé, pet puant, sors de ton trou et bats-toi avec moi !

L'insulte faisait partie du combat. Les chasseurs avaient coutume de railler le léopard pour ses flatulences.

Le fauve surgit plus vite que Palawan ne l'avait imaginé. Il se jeta sur le colosse. Palawan tenta de serrer la cage thoracique du félin, de briser son échine, mais il ne put résister aux fantastiques coups de pattes que la bête lui assénait sur le crâne. Les soldats voulurent le secourir, mais il était trop tard. Le champion avait cessé de lutter. Il gisait, lamentable, le corps disloqué. Le léopard entraîna ses trois poursuivants dans la pente, comme s'il voulait échapper au combat déloyal, trois contre un. Il fuit jusqu'à la bordure d'un précipice. Acculé, il se retourna, se posa sur son train arrière. Les gardes crurent pouvoir enfoncer leurs trois lances, en même temps,

dans ses flancs, et le précipiter dans le vide. L'animal les balaya d'un magistral coup de patte. Les corps des soldats kohistani basculèrent dans le ravin où ils se fracassèrent. Le léopard remonta tranquillement jusqu'à sa tanière. Il y tira le cadavre de Palawan avec ses crocs.

Le frère de Mikilili, témoin de la scène, s'évanouit de terreur.

On le retrouva étendu, sans conscience, derrière un rocher. Le rocher que Tanuk avait pu décrire avec précision grâce à son don de voyance. Le jeune homme était encore vivant, délirant de fièvre. Le léopard l'avait épargné.

Ce que je dis est vrai. Le frère de Mikilili me l'a raconté.

15
Le prix du divorce

Après ce tragique événement, les Kalash donnèrent à Tanuk le titre de *gona dehar*, grand chamane. Sa réputation s'étendit dans tout le *Kohistan* et même au pays des Kafirs, du côté afghan. Il lui arriva d'aider des étrangers venus le consulter avec des intentions pures. Même le prince Katuta l'invita au palais pour résoudre le mystère de la disparition de son cheval de polo préféré. Tanuk utilisait le livre sacré pour pratiquer la divination ou pour guérir. Les gens affirmaient que les fées l'avaient fabriqué exprès pour lui. Tanuk ne souleva jamais le voile qui recouvrait l'origine secrète de ce précieux accessoire. Il ne le pouvait pas. Il aurait aussitôt perdu ses talents de visionnaire. Il devait s'en servir pour le bien des humains et pour fournir une explication aux malheurs. Plus personne, même parmi leurs ennemis acharnés, n'osa dire que les Kalash n'avaient pas de livre. Tant que Tanuk vécut, les Kalash ne connurent plus de corvées. Le prince Katuta craignait les pouvoirs du jeune chamane qui lui avait permis d'identifier et d'arrêter les voleurs de son pur-sang afghan.

C'est à cette époque aussi que Tanuk délivra le père de Mikilili d'une malchance qui s'abattit sur son foyer.

Ses cabris naissaient mort-nés, son blé végétait, sa vigne était stérile, les rongeurs envahissaient ses greniers. Cette fois, Tanuk opéra avec une hache que nul n'avait vue auparavant. Il vint de nuit faire la chasse aux mauvais sorts et planta par cinq fois sa hache dans le sol et les poutres de la maison. Cinq fois de suite, en grattant, on découvrit des talismans qui avaient été glissés par une main malveillante, des os de poulet liés par des cheveux, des objets chargés de haine et de jalousie. Cette nuit-là, rassuré par l'intervention de Tanuk, le père de Mikilili lui avoua combien il aurait aimé l'avoir pour gendre, car il savait que sa fille, dans la vallée éloignée de *Jinjeret*, n'était pas heureuse.

Mamat Diwa s'interrompit.

Parfois il suspendait le fil de sa narration quand il était ému par l'intensité d'un souvenir. Le petit porteur de thé glissa une question dans ce silence qui durait :

– Est-ce que Tanuk revit Mikilili, même une seule fois ?

– Désires-tu vraiment le savoir ?

L'enfant montra ses mains vides et dit :

– Je n'ai plus de coquillages à t'offrir en échange de tes paroles.

Le conteur fronça les sourcils.

– Il ne s'agit pas de paiement mais de la fin de l'histoire. Elle ne ressemble pas forcément à ce que tu attends. Es-tu prêt à l'entendre ?

L'enfant dodelina de la tête. Il était prêt. Mamat Diwa reprit :

– Mikilili tomba malade, là-bas, dans la lointaine vallée de *Jinjeret*...

À cette époque, le territoire kalash comptait six vallées. *Jinjeret* en faisait partie. Il y avait aussi Urtsun et Shishikuh. Puis petit à petit, sous la pression de leurs voisins, les gens de ces vallées abandonnèrent la langue kalash, leurs croyances, leur tradition. Ils s'habillèrent comme les autres habitants du *Kohistan*. Ils ne voulaient plus qu'on les montre du doigt à cause de leur différence. Les femmes perdirent la liberté de porter leurs élégantes coiffes de coquillages et les longues robes noires égayées par le sursaut des colliers sur leur poitrine. Une part de leur gaîté s'en alla quand on les obligea à se couvrir d'un voile, à renoncer aux fêtes et aux danses avec les hommes. Aujourd'hui, mon fils, à l'heure où je te parle, il ne reste plus que trois vallées encore fidèles au mode de vie des ancêtres. Elles ont pour nom *Rumbur*, Bumburet et Birir. Mais au temps où Mikilili y vivait, la vallée de *Jinjeret* suivait encore la coutume kalash.

Et Mikilili voyait sa santé la quitter.

– Pourquoi ? s'inquiéta le petit porteur de thé.

– Parce qu'elle n'avait pas réussi à donner d'enfants à son mari. Ni les guérisseurs ni le chamane de *Jinjeret* ne parvinrent à modifier la situation. Offrandes et sacrifices restèrent sans résultat. Le ventre de Mikilili ne s'arrondit pas. Les années passant, les membres de sa belle-famille murmurèrent dans son dos des propos amers, puis crachèrent des menaces. « Même la plus belle fille du *Kohistan* peut se révéler une sorcière », aimaient-ils à répéter. Il se disait aussi que son amour pour Tanuk lui brûlait le cœur et lui interdisait de satisfaire un autre époux. Mikilili avait le tort de ne pas être native de Jinjeret, d'être une « étrangère ». Pour cette raison, personne ne l'épargnait. On l'accablait de reproches. La jeune fille finit par se croire coupable. Son mari évoqua l'idée de prendre une seconde épouse qui lui donnerait des fils et ferait prospérer sa maisonnée. La coutume kalash l'autorisait. Les hommes riches se le permettaient. Mikilili savait que l'arrivée d'une autre femme lui serait fatale. Dès que sa remplaçante deviendrait mère, elle serait mise à l'écart, utilisée comme servante, maltraitée. Désespérée, elle perdit la raison. Et, dans ses délires, son cœur et ses lèvres appelèrent Tanuk. Son père l'apprit. Il supplia Tanuk d'intervenir. Celui-ci refusa. Il ne voulait pas entrer en concurrence avec le chamane de Jinjeret. Les compétitions entre guérisseurs, souvent, se terminaient mal, suscitaient jalousie et rancune.

En vérité, il désirait plus que tout se rendre à Jinjeret pour tenter de sauver la femme qu'il aimait. Mais, chaque fois qu'il y songeait, une fulgurante douleur traversait sa poitrine. Sa compagne féerique exprimait son désaccord. Il s'écroulait à terre sous l'effet du mal. Cependant, les nouvelles en provenance de Jinjeret devenaient inquiétantes. L'état de Mikilili empirait. Un matin, Tanuk monta seul sur le toit de son étable et là, il porta le livre sacré à ses lèvres, à son front, à son cœur. Il lâcha le livre qui s'envola.

Le livre ne revint pas.

Tanuk sut qu'il devait se rendre sans délais auprès de Mikilili.

Dire que Tanuk fut bien accueilli à Jinjeret serait mentir. Le chamane de la vallée, inquiet de sa venue, avait fait courir le bruit que Tanuk était un bon devin mais un mauvais guérisseur. Il avait peur de perdre la face ; il aurait voulu que les grands hommes du lieu barrent le passage à son concurrent. Malheureusement pour lui, nul ne pouvait couper le chemin de Tanuk. Il émanait du jeune homme une telle force, il bénéficiait d'un si grand pouvoir, que même ses ennemis s'écartaient. On craignait plus que tout d'être atteint par la lueur de son regard quand la colère s'emparait de lui. Le mari de Mikilili tenta de retarder sa marche. Il n'aimait pas l'idée que sa femme puisse être soignée par son rival. Mais il ne put lui refuser l'accès à sa maison. Tanuk entra. Curieusement, il ne ressentit aucune déchirure au cœur. Et pourtant, il était en présence de Mikilili, la femme qu'il aimait depuis toujours. Il comprit vite pourquoi la terrible douleur ne le transperçait pas. Mikilili, couchée sur un lit de cordes, enroulée dans des couvertures, le regardait approcher, les yeux grand ouverts, mais ne le reconnaissait pas. Son esprit avait-il quitté son corps sans espoir de retour ? Elle vivait, mais la souffrance avait chassé sa raison.

Arrivait-il trop tard ?

Tanuk s'assit sur un tabouret et retroussa les manches de sa chemise de laine. Il demanda de l'eau. Son hôte lui lava les mains. Un feu de genévrier fut allumé au centre de la pièce, chassant les ombres comme des corbeaux malvenus. Tanuk entreprit la fabrication d'un arc en rameau de saule et le tendit avec une corde en poils de chèvre. Les

membres de la maisonnée entonnèrent une prière aux dieux pour aider le chamane à trouver la cause du tourment qui frappait la malade. Tanuk plaça la corde sur ses deux pouces collés et tendus. Poings immobiles, coudes en appui sur ses genoux, il se concentra. Le silence l'enveloppa. Mentalement, il interrogea les dieux et les esprits qui pouvaient en vouloir à la malade :

– Si tu es en colère contre elle, je t'en prie, dis-le moi !

La réponse attendue se manifesta par un tremblement de l'arc. Au moment où il évoqua le nom de son amie des montagnes, la fée magnifique de la grotte, celle à qui il devait son pouvoir, l'arc oscilla. Son amoureuse surnaturelle rageait d'avoir échoué à briser le lien qui unissait Tanuk et Mikilili. Il n'y avait pas de réparation possible. Tanuk le savait. Mais pouvait-il laisser mourir Mikilili ? Déjà, elle s'était sacrifiée en partant vivre loin de lui, pour le laisser accomplir sa mission auprès de son peuple. Allait-il l'abandonner une seconde fois ?

– Réponds, Mamat Diwa, réponds à ces questions, mon maître !

L'enfant cria presque, tant il craignait que le conteur ne s'arrête.

Tanuk ramena Mikilili à *Rumbur*, dans la vallée de son enfance, auprès des siens et de leur affection. Son mari ne s'y opposa pas. Les deux hommes se mirent d'accord sur le prix du divorce. La tradition kalash acceptait le divorce. Elle y était bien obligée car trop souvent les filles mal mariées pour obéir aux intérêts des pères, fuyaient leurs maris à la première occasion et rejoignaient la maison de leurs amoureux.

Mais ne crois pas que cela était aussi facile à faire qu'à dire !

L'amoureux, s'il voulait devenir le second mari, devait rembourser le double de ce que le premier époux avait dépensé lors du mariage. Si tu sais compter, mon fils, multiplie tout par deux : un taureau, deux taureaux. Dix fusils, vingt fusils. Quinze boucs, trente boucs. Cinquante bassines, cent bassines. Trois poignards, six poignards. Cinq robes d'honneur, dix robes d'honneur…

Tanuk, avec l'aide de son clan, réunit beaucoup de biens, car Mikilili était considérée comme la plus belle fille du *Kohistan*. Les grands hommes des deux vallées, de *Jinjeret* et de *Rumbur*, comptèrent pendant deux jours les dépenses des premières noces. Et pour se souvenir de tout, ils accumulèrent des petites pierres blanches qui correspondaient à chaque objet donné. Le sac qui fut remis à Tanuk était lourd de cailloux blancs. Ce qu'il devait fournir en échange devait être de la meilleure qualité : les taureaux parfaits, les boucs vigoureux, les fusils neufs, les bassines intactes, les poignards aiguisés, les robes dorées… Au dernier cabri accepté par son rival, il eut le droit de ramener Mikilili chez lui. Désormais elle était sa femme, il était son mari. Mais Mikilili, le regard vide, restait plongée dans un silence profond, insensible à son destin.

Ils passèrent une nuit ensemble. La première.

Tanuk quitta le village le lendemain à l'aube. Il prit la direction des sommets. Il avait un sacrifice à accomplir. Il devait compenser l'offense faite à sa compagne invisible. Quel en serait le prix ? Ceux qui assistèrent à son départ se demandaient s'il obtiendrait le pardon. Ils craignaient que sa vie ne soit le prix de la réparation.

Quand j'ai interrogé les proches de Tanuk sur la durée de son absence, tous m'ont répondu : longtemps !

De nouveau, ce furent les enfants qui annoncèrent son retour. Ils couraient pieds nus sur la terre mouillée d'un jour d'automne :

– Tanuk arrive ! Tanuk revient !

Un cortège se forma, soudé par le bonheur, et partit à sa rencontre.

On le vit descendre par le chemin qui longeait le torrent. Sa silhouette émergeait des blocs de rochers blancs. Son allure était rigide. Tout de suite, on remarqua qu'il ne portait plus son béret et sa plume d'aigle. Cette perte n'était pas un bon signe, mais, après tout, il était en vie ! Quand il fut à portée des mains qui se tendaient vers lui pour le serrer, pour l'embrasser, une clameur douloureuse monta de la foule :

– *Pak Khodaï !* Grand Dieu !

Les yeux de Tanuk n'étaient plus que deux fentes blanches.

Le chamane revenait de la montagne, aveugle ! Les yeux du grand visionnaire étaient brûlés. On eut dit qu'il avait défié le soleil ou contemplé sans ciller des champs de neiges scintillantes ou un lac de mica. Comment avait-il pu redescendre des pâturages, échapper aux précipices, traverser les ponts de poutres suspendus au-dessus du torrent ? Je n'ai trouvé personne pour me l'expliquer.

Ce fut son dernier exploit.

Moi, Mamat Diwa, je dis : son amie surnaturelle qui lui avait laissé la vie sauve, l'accompagna jusqu'à la lisière du village, pour un dernier adieu. Car, au moment où le premier être vivant le toucha, Tanuk trébucha. Il fallut le guider jusqu'à chez lui.

Mikilili l'attendait sur le seuil de sa maison.

Elle pleurait et riait à la fois. Elle prit les mains de Tanuk pour les porter à ses lèvres. Tanuk chercha ses tresses pour y déposer un baiser. Il chanta d'une voix enrouée :

– Petite fleur de jujubier, ô toi qui fais pépier de bonheur l'oiseau des vergers, donne-moi ton parfum !

Et Mikilili répondit sur le même air :

– Moi, fleur de jujubier, je veux fleurir sous ton ombre…

Mikilili l'entraîna doucement à l'intérieur de la maison et ferma la

porte. La foule pleurait et riait à la fois : Mikilili était guérie, Tanuk en vie, mais les Kalash savaient que plus jamais il n'exercerait son activité de chamane. Ses dons étaient éteints, comme ses yeux. La société venait de perdre son guide.

Par amour.

Le bazar fermait. Les marchands jetaient des bâches sur leurs étals. Des lampes s'allumèrent dans les allées. Les veilleurs crièrent en passant à Mamat Diwa :

– Eh, vieux conteur, tu ne te lasses pas de répéter tes histoires. Regarde autour de toi, le monde change ! Il n'y a plus qu'un gamin pour t'écouter. Et quel gamin ? Un vaurien. Je te préviens : son patron est furieux contre toi. Tu lui as volé son apprenti tout l'après-midi. Il menace de le plonger dans son samovar d'eau bouillante quand il reviendra.

L'enfant dit alors à Mamat Diwa :

– Demain, je partirai avec toi pour la vallée où les femmes portent des coiffes couvertes de coquillages et où les hommes conversent avec les esprits des montagnes, de la brume et du vent. Je sais maintenant que ce pays existe. Toi aussi, tu as marché très jeune vers tes rêves. Je veux suivre tes pas. Tu m'apprendras le métier de colporteur et moi, je t'aiderai à porter ta mémoire. Elle est devenue trop lourde pour toi tout seul. Le monde ne change pas. Il aura toujours besoin d'histoires.

Je suis prêt.

Glossaire

Balumain : dieu du soleil et de la lumière qui vient visiter les vallées kalash au moment du solstice d'hiver pour apporter l'espoir du printemps.

Bhut : démons. Esprits nocturnes et malveillants. Ils peuvent prendre de multiples formes pour effrayer les marcheurs attardés.

Chaumos : fête du solstice d'hiver chez les Kalash qui font de grandes offrandes et des sacrifices pour réveiller le soleil et les forces de la nature. Elle dure la totalité du mois de décembre.

Dehar : chamane, en langue kalash. Homme doué du pouvoir de communiquer, en transe, avec le monde surnaturel.

Grum : village, en langue kalash. Nom donné au plus ancien village de la vallée de Rumbur.

Hindu Kush : partie la plus occidentale de la chaîne de l'Himalaya, ainsi nommée depuis la région de Chitral au Pakistan jusqu'au centre de l'Afghanistan.

Jinjeret : vallée qui faisait partie autrefois du territoire kalash, avant la conversion de ses habitants à l'islam, tout comme ses voisines, les vallées de Shishikuh et Urtsun.

Joshi : fête du printemps qui se déroule à la mi-mai avant le départ des troupeaux aux pâturages d'altitude. Les Kalash prient, chantent et dansent pour demander la protection des esprits de la nature.

Kafiristan : « Terre des infidèles ». Nom donné jusqu'à la fin du XIXe siècle à un pays montagneux, à l'est de l'Afghanistan, peuplé de tribus dites « païennes », parce qu'elles ne suivaient pas la religion de l'islam. À la suite de la conversion de ces peuplades idolâtres, le nom de la région changea et devint Nuristan, « terre de la Lumière » (de l'islam).

Khodaï : nom d'origine iranienne pour Dieu créateur.

Kohistan : « Pays de la Montagne ». Nom donné au district de Chitral à l'extrême nord de la province pakistanaise de la frontière du Nord-Ouest. Les Chitrali sont aussi appelés Kohistani.

Mahandeo : divinité présente dans chacune des trois vallées du territoire kalash. Son nom d'origine indienne signifie « Grand Dieu ». Son autel comporte quatre têtes de chevaux sculptées en bois émergeant d'un autel de pierres.

Pamir : massif montagneux réputé difficile à pénétrer, situé à l'est de l'Afghanistan, au nord du Pakistan.

Pashtoun : ethnie majoritaire d'Afghanistan, de langue iranienne, dont le territoire traditionnel est coupé en deux par la frontière tracée entre le Pakistan et l'Afghanistan.

Peshawar : ville principale de la province pakistanaise de la frontière du Nord-Ouest, proche de la fameuse Khyber Pass et de la frontière avec l'Afghanistan. Elle est célèbre pour ses bazars et son activité commerçante.

Prun : fête d'automne chez les Kalash, qui coïncide avec la fin des vendanges et de la production du vin.

Rumbur : une des trois vallées qui constituent le territoire actuel du peuple Kalash. Les deux autres sont Bumburet et Birir.

Sutchi : esprits féminins de la nature. Ces « fées » vivent en haute altitude, près des sommets. Elles sont considérées comme les propriétaires des troupeaux de bouquetins et mouflons. Elles peuvent donner la chance aux audacieux ou la retirer aux êtres irrespectueux.

Tsyam : pays originel et mythique du peuple Kalash où est censé résider leur grand dieu, Balumain.

Zinnias : plante à fleurs ornementales.

Imprimé en France par Chirat – 42540 Saint-Just-la-Pendue
N° d'édition : 004585-04 – N° d'imprimeur : 4304
Dépôt légal : mars 2009